Kate Hewitt

Una reina enamorada

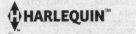

Editado por HARLEQUIN IBÉRICA, S.A.
Núñez de Balboa, 56
28001 Madrid

© 2014 Kate Hewitt
© 2014 Harlequin Ibérica, S.A.
Una reina enamorada, n.º 2306 - 7.5.14
Título original: A Queen for the Taking?
Publicada originalmente por Mills & Boon®, Ltd., Londres.

Todos los derechos están reservados incluidos los de reproducción,
total o parcial. Esta edición ha sido publicada con autorización de
Harlequin Books S.A.
Esta es una obra de ficción. Nombres, caracteres, lugares, y situaciones
son producto de la imaginación del autor o son utilizados ficticiamente,
y cualquier parecido con personas, vivas o muertas, establecimientos
de negocios (comerciales), hechos o situaciones son pura coincidencia.
® Harlequin, Bianca y logotipo Harlequin son marcas registradas por
Harlequin Enterprises Limited.
® y ™ son marcas registradas por Harlequin Enterprises Limited y sus
filiales, utilizadas con licencia. Las marcas que lleven ® están
registradas en la Oficina Española de Patentes y Marcas y en otros
países.
Imagen de cubierta utilizada con permiso de Harlequin Enterprises
Limited. Todos los derechos están reservados.

I.S.B.N.: 978-84-687-4174-1
Depósito legal: M-5408-2014
Editor responsable: Luis Pugni
Fotomecánica: M.T. Color & Diseño, S.L. Las Rozas (Madrid)
Impresión en Black print CPI (Barcelona)
Fecha impresion para Argentina: 3.11.14
Distribuidor exclusivo para España: LOGISTA
Distribuidor para México: CODIPLYRSA
Distribuidores para Argentina: interior, BERTRAN, S.A.C. Vélez
Sársfield, 1950. Cap. Fed./ Buenos Aires y Gran Buenos Aires,
VACCARO SÁNCHEZ y Cía, S.A.

Capítulo 1

ALESSANDRO Diomedi, rey de Maldinia, abrió la puerta del opulento salón de recepciones y miró a la mujer con la que debía casarse. Liana Aterno, la hija del duque de Abruzzo, estaba en medio de la habitación, su postura elegante, su mirada firme, incluso fría. Considerando la situación, parecía sorprendentemente tranquila.

Sandro cerró la puerta, el sonido marcando el final de su libertad. Pero no, eran imaginaciones suyas porque su libertad había terminado seis meses antes, cuando dejó su vida en California para volver a Maldinia y aceptar su puesto como primero en la línea de sucesión al trono. Y cualquier recuerdo de esa libertad había desaparecido cuando enterró a su padre y ocupó su sitio como monarca del país.

–Buenas tardes –su voz hacía eco en el enorme salón, con sus tapices, sus frescos en el techo, las elaboradas mesas de mármol y pan de oro.

No era exactamente un sitio acogedor y, por un momento, deseó haber pedido que llevasen a lady Liana a un salón más agradable.

Aunque, considerando la naturaleza de su inminente discusión, tal vez aquella fría sala era la más apropiada.

–Buenas tardes, Majestad –dijo ella.

No hizo una reverencia y Sandro se alegró porque detestaba esos anticuados gestos, aunque sí inclinó la cabeza en señal de respeto. Pero cuando clavó en él una mirada fría, Sandro sintió que su corazón volvía a endurecerse. No quería aquello, nunca lo querría, pero estaba claro que ella sí.

–Espero que haya tenido un viaje agradable.

–Sí, gracias.

Sandro dio un paso adelante, estudiándola. Era guapa, si te gustaban las mujeres pálidas. Su pelo era tan rubio que casi parecía blanco y lo llevaba sujeto en un moño, con un par de mechones cayendo a los lados, sobre unos pendientes de perlas.

Era delgada, pequeña, y sin embargo su postura era orgullosa, firme. Llevaba un discreto vestido de cuello alto y mangas largas en color azul pálido y un discreto collar de perlas. Tenía las manos unidas en la cintura, como una monja, y soportaba el escrutinio sin parpadear, aceptando la inspección con una fría e incluso altanera confianza. Todo eso lo enfadaba.

–¿Sabe por qué está aquí?

–Sí, Majestad.

–Olvídese de tratamientos. Estamos considerando la posibilidad de un matrimonio, así que llámeme Alessandro o Sandro, lo que prefiera.

–¿Cómo prefiere usted que le llame?

–Puede llamarme Sandro.

Su frialdad lo irritaba, aunque sabía que era una reacción poco razonable, incluso injusta. Sin embargo, sentía el deseo de borrar esa fría sonrisa de sus labios y reemplazarla por algo real.

Pero había dejado las emociones reales, honestidad, comprensión, simpatía, en California. No había sitio para eso allí, incluso cuando hablaba de matrimonio.

–Muy bien –respondió ella, pero no lo llamó de ninguna manera. Sencillamente esperó y Sandro tuvo que admitir que, a pesar de la irritación, sentía por ella cierta admiración. ¿Tenía más personalidad de la que había imaginado o estaba muy segura de sus futuras nupcias?

El matrimonio era virtualmente un trato sellado. Lady Liana había sido invitada al palacio para dar comienzo a las negociaciones y la celeridad con que había aceptado la delataba. De modo que la hija del duque quería ser reina, qué sorpresa. Otra mujer de corazón helado en busca de dinero, poder y fama.

El amor, por supuesto, no tenía nada que ver. Nunca tenía nada que ver; él había aprendido esa lección mucho tiempo atrás.

Sandro metió las manos en los bolsillos del pantalón mientras se acercaba a la ventana para mirar los jardines del palacio, pero al ver la verja dorada que rodeaba la finca se le encogió el estómago. Una prisión en la que él había entrado por voluntad propia, a la que había vuelto con una vaga esperanza, que desapareció al ver a su padre por primera vez después de quince años.

«No he tenido alternativa. De haberla tenido, habría dejado que te pudrieras en California... o mejor, en el infierno».

Sandro tragó saliva antes de darse la vuelta.

—Dígame por qué está aquí, lady Liana —le dijo. Quería escucharlo de sus propios labios, esos labios fruncidos.

Después de una pausa, ella respondió en voz baja:

—Para discutir un posible matrimonio entre nosotros.

—Y, considerando que no nos habíamos visto nunca, ¿la posibilidad de casarnos no le preocupa o angustia en absoluto?

–Nos conocimos cuando yo tenía doce años, Majestad.

–Doce –repitió él, mirándola fijamente. Pero su rostro no despertaba recuerdo alguno. ¿Habría sido igualmente fría a los doce años? Seguramente, pensó–. Pero debe llamarme Sandro.

–Sí, claro.

De nuevo, no lo llamó por su nombre y él estuvo a punto de sonreír. ¿Estaba provocándolo a propósito? Preferiría eso a su helada compostura. Cualquier emoción era mejor que ninguna emoción en absoluto.

–¿Dónde nos conocimos?

–En una fiesta de cumpleaños que organizó mi padre en Milán.

Sandro no lo recordaba, aunque no le sorprendía. Si ella tenía entonces doce años, él tendría veinte y estaba a punto de renunciar a su herencia, a la vida de palacio, a sus obligaciones... para volver seis meses antes, cuando el deber exigió que reclamase su alma o la vendiese. Aún no sabía lo que había hecho.

–¿Y usted sí me recuerda?

Durante un segundo, ella pareció si no desconcertada algo parecido. Sandro vio que sus ojos, de un sorprendente color lavanda, se ensombrecían. No era tan pálida después de todo, pensó.

–Sí, lo recuerdo.

–Lamento no recordarla.

Liana se encogió de hombros.

–No esperaba que así fuera. Entonces era poco más que una niña.

Sandro asintió con la cabeza, preguntándose qué pensamientos, qué sentimientos habría tras esa máscara de hielo. ¿Qué emociones habían oscurecido sus ojos por un momento?

¿O estaba siendo absurdamente sentimental? No sería la primera vez. Creía haber aprendido la lección, pero tal vez no era así.

Liana Aterno había sido uno de los primeros nombres que aparecieron en las comunicaciones diplomáticas tras la muerte de su padre y él había aceptado que debía casarse para tener un heredero.

El padre de Liana era un aristócrata que había ocupado varios cargos importantes en la Unión Europea y ella, que había dedicado su vida a proyectos benéficos, jamás había dado un escándalo. Todo eso debía ser tomado en consideración por el bien de su país. Además, Liana era irritantemente perfecta en todos los sentidos; la perfecta reina consorte. Y parecía saberlo, además.

–¿Ha tenido otras relaciones? –le preguntó, observando su rostro ovalado. No había ninguna emoción en sus ojos, ninguna tensión en su cuerpo. Casi parecía una estatua, algo hecho de frío mármol, sin vida.

No, pensó entonces, en realidad le recordaba a su madre, una mujer fría y calculadora, sin emociones, a quien solo importaba el estatus de reina.

¿Era así aquella mujer o estaba juzgándola de manera injusta, basándose en su triste experiencia? Por su expresión, era imposible saber lo que sentía y, sin embargo, Sandro la detestaba por haber respondido a su llamada, por estar dispuesta a casarse con un extraño.

Aunque él iba a hacer lo mismo.

–No –respondió ella por fin–. He dedicado mi vida a trabajar en proyectos benéficos.

Reina o monja. Siglos antes, esa había sido la elección de algunas mujeres de alto rango, pero en aquel momento parecía algo arcaico, absurdo.

Y, sin embargo, era una realidad próxima a la suya: rey o director de su propia compañía. Esclavo o libre.

–¿No ha habido nadie mas? –insistió–. Debo admitir que me sorprende. ¿Cuántos años tiene... veintiocho?

–Así es.

–Imagino que habrá tenido muchas ofertas.

Ella frunció los labios.

–Ya le he dicho que he dedicado mi vida a proyectos benéficos.

–Uno puede dedicar su vida a proyectos benéficos y tener relaciones. O casarse.

–Eso espero, Majestad.

Un sentimiento muy noble, pero uno en el que Sandro no confiaba. Evidentemente, lo que aquella mujer fría y ambiciosa deseaba era ser una reina.

Una vez, él había soñado con el matrimonio, con una relación de amor, de pasión. Una vez.

Liana sería una reina perfecta. Estaba claro que la habían educado para ese papel y casarse era un deber del que Sandro se había desentendido durante demasiado tiempo.

–Yo tengo obligaciones durante el resto de la tarde, pero me gustaría que cenásemos juntos esta noche, si le parece bien.

Ella asintió con la cabeza.

–Por supuesto, Majestad.

–Así podremos conocernos mejor y hablar de los aspectos prácticos de esta unión.

–Claro.

Sandro clavó en ella sus ojos, esperando ver alguna emoción, fuese incertidumbre, duda o simple interés humano. Pero en la mirada de color violeta solo veía frío propósito y determinación. Intentando disimular su decepción, se dirigió a la puerta.

—Disfrute de su estancia en el palacio de Averne, lady Liana.

—Gracias, Majestad.

Solo cuando cerró la puerta tras él se dio cuenta de que no lo había llamado Sandro.

Liana dejó escapar un largo suspiro, llevándose las manos al abdomen. Se sentía un poco más tranquila, casi anestesiada. Había visto a Alessandro Diomedi, rey de Maldinia, su futuro marido.

Se acercó a la ventana y miró los jardines del palacio y los antiguos edificios de Averne más allá de la verja, bajo un cielo sin nubes. Las cumbres nevadas de los Alpes eran casi visibles si estiraba un poco el cuello.

La conversación con el rey había sido irreal. Casi sentía como si hubiera estado flotando, mirando a esas dos personas, esos dos extraños que no se habían visto antes y que pensaban casarse el uno con el otro.

Aunque habían pasado varias semanas desde que sus padres sugirieron que tomase en consideración la petición de Alessandro, el futuro la asustaba.

«Es un rey y tú deberías casarte y tener hijos».

Ella nunca había pensado en casarse y tener hijos. La responsabilidad y los riesgos eran muy grandes, pero sabía que eso era lo que sus padres querían y, al menos, un matrimonio de conveniencia sería un matrimonio sin amor. Sin riesgos.

De modo que se casaría si Alessandro estaba dispuesto.

Liana intentó recordar las ventajas de esa unión.

Como reina, podría seguir dedicando su vida a proyectos benéficos y llamar la atención sobre Manos que Ayudan. Su posición sería beneficiosa y no podía darle la espalda a eso como no podía darle la espalda a los deseos de sus padres.

Les debía demasiado.

En realidad, era una solución perfecta porque conseguiría todo lo que deseaba, todo lo que se permitiría a sí misma desear. Pero el rey la había mirado con cierta antipatía, de modo que no parecía gustarle. ¿O era que, simplemente, el matrimonio no le interesaba?

Incómoda, recordó su expresión inquieta, agitada, como si el palacio no pudiese contenerlo, como si sus emociones pudieran escapar por la ventana.

Ella no estaba acostumbrada a eso. Sus padres eran personas muy reservadas y ella había aprendido a serlo más aún. A ser invisible.

Solo se dejaba ver cuando hablaba como portavoz de Manos que Ayudan. Sobre el escenario, hablando sobre el proyecto, tenía cierta confianza.

¿Pero con el rey Alessandro? ¿Con él mirándola como si la odiase?

Las palabras la habían abandonado. Se había puesto la careta de serenidad que había ido desarrollando con los años, la única manera de permanecer cuerda, de sobrevivir. Porque dejarse llevar por la emoción significaba dejarse llevar por el dolor y el sentimiento de culpa y, si hacía eso, estaría perdida. Se ahogaría en sentimientos que nunca había querido reconocer y mucho menos expresar.

Y menos delante del rey Alessandro. Aquel sería un matrimonio de conveniencia, una unión ventajosa para los dos en la que no habría emociones. No habría aceptado si fuese de otra manera.

Y, sin embargo, las preguntas que le había hecho estaban cargadas de emoción y las dudas que habían creado en ella hacían que sintiera pánico.

«Dígame por qué está aquí, lady Liana. Considerando que no nos habíamos visto nunca, ¿la posibilidad de casarnos no le preocupa o angustia en absoluto?».

Casi parecía como si quisiera verla angustiada por la posibilidad de ese matrimonio.

Tal vez debería haberle dicho que así era.

Pero no sería cierto porque casarse con el rey era lo más sensato. Sus padres querían que así fuera, ella quería promocionar Manos que Ayudan. Era la mejor elección, tenía que serlo.

Pero el recuerdo del rey, con su imponente figura, la hacía temblar. Era muy alto y su pelo, negro como la noche, con algunas canas en las sienes, estaba un poco alborotado, como si se hubiera pasado las manos por él.

Sus ojos eran de un color gris metálico, duros y atractivos. Había tenido que hacer un esfuerzo para no encogerse bajo su mirada, especialmente al ver que sus labios se torcían en una mueca de desagrado.

¿Qué era lo que no le gustaba de ella?

¿Qué quería además de un práctico acuerdo de matrimonio?

Liana no quería saber las respuestas a esas preguntas. Ni siquiera quería preguntar. Había esperado que llegasen a un acuerdo, a pesar de que ella no quería casarse en absoluto.

Pero tal vez tampoco él lo deseaba. Tal vez su resentimiento era por la situación y no por ella. Liana esbozó una sonrisa triste. Dos personas que no tenían deseos de casarse y, sin embargo, pronto estarían frente al altar. Aunque, con un poco de suerte, no se verían demasiado.

–¿Lady Liana?

Un empleado de palacio estaba en la puerta, mirándola con expresión seria.

–¿Sí?

–El rey me ha pedido que la acompañe a su habitación.

–Gracias –Liana siguió al hombre por un entramado de pasillos hasta llegar a una suite.

En aquella zona del palacio había pocos empleados y tenía la impresión de estar sola en el vasto edificio. Se preguntó dónde estarían el rey y la reina madre... tal vez Sophia quería recibirla.

O tal vez no. La llamada del palacio de Maldinia había sido tan perentoria, tan súbita; una carta con la insignia real y un par de frases solicitando la presencia de lady Liana Aterno de Abruzzo para discutir la posibilidad de un matrimonio con el rey. Ella se había quedado sorprendida, su madre encantada.

«Esto sería tan bueno para ti, Liana. Si tienes que casarte, ¿por qué no con Alessandro? ¿Por qué no con un rey?».

¿Por qué no? Sus padres eran personas tradicionales, incluso anticuadas. Para ellos, las hijas se casaban y producían herederos.

Y ella no podía defraudarlos. Al menos les debía eso. Aunque les debía mucho más.

–Este será su aposento durante su estancia en el palacio, lady Liana. Si necesita algo, sencillamente pulse este botón –el hombre indicó un botón en la pared– y alguien vendrá de inmediato.

–Gracias –murmuró ella, entrando en la suntuosa suite.

Después de preguntarle si necesitaba algo más, el empleado cerró la puerta y Liana miró la enorme y opulenta habitación, en contraste con su modesto apartamento en Milán.

En el centro había una magnífica cama con dosel frente a una enorme chimenea encendida que chisporroteaba alegremente, flanqueada por dos sillones tapizados en seda azul.

Liana alargó las manos hacia las llamas. Tenía las manos heladas; siempre le pasaba cuando estaba nerviosa. Y a pesar de haber intentado mostrarle justo lo contrario al rey Alessandro, estaba nerviosa.

Había pensado que ese matrimonio sería discutido como un asunto de negocios y que las presentaciones serían una mera formalidad. Ella no era una ingenua y sabía lo que representaría ese matrimonio: el rey necesitaba un heredero.

Pero no había esperado esa energía, esa emoción. Alessandro era completamente opuesto a ella: inquieto, abrupto, extraño.

Cerró los ojos un momento, deseando poder volver a su sencilla vida: trabajando para la fundación, viviendo en Milán, saliendo con sus amigos. Probablemente sería aburrido para otras personas, pero a ella le gustaba la seguridad de esa rutina. Y una sola reunión con Sandro Diomedi la había intranquilizado como nunca.

Liana abrió los ojos de nuevo. Su vida no era suya, no lo había sido desde que tenía ocho años y había aceptado que ese era el precio que tenía que pagar.

Pero no quería seguir pensando en eso. No pensaría en Chiara.

Se acercó a la ventana para mirar los hermosos jardines de palacio aquel frío día de marzo. Era extraño pensar que aquel paisaje se convertiría en algo familiar cuando se hubiera casado. Aquel palacio, aquella vida, sería parte de su existencia diaria.

Como el rey. Sandro.

Liana tuvo que contener un escalofrío. ¿Cómo sería estar casada con él? Tenía la sensación de que no sería nada de lo que había imaginado: conveniente, seguro.

Ella nunca había tenido un novio de verdad, nunca la habían besado salvo por algún intento rápido y torpe en un par de citas a las que había acudido presionada por sus padres para que se casase, aunque ella no estaba interesada.

Pero Alessandro querría algo más que un beso y estaba segura de que con él no sería ni rápido ni torpe.

Se le escapó una risita nerviosa y sacudió la cabeza. ¿Cómo iba a saber ella cómo besaba Alessandro?

«Pero pronto lo descubrirás».

Eso la asustó. No quería pensar en ello y miró de nuevo alrededor, sin saber qué hacer. No quería quedarse esperando en la habitación, prefería estar activa y decidió dar un paseo por el jardín. El aire fresco le sentaría bien.

Después de soltarse el pelo, se puso un jersey de cachemir malva, un pantalón de lana gris y un abrigo del mismo color, el tipo de atuendo discreto y conservador que solía llevar. En cuanto salió de la habitación, un empleado del palacio se acercó a ella.

—¿Lady Liana?

—Me gustaría dar un paseo por el jardín, si es posible.

—Por supuesto que sí.

Liana siguió al hombre uniformado por varios pasillos hasta llegar a unas puertas que daban al jardín.

–¿Quiere que la acompañe?

–No, gracias. Prefiero pasear sola.

Aunque el palacio estaba en el centro de la capital de Maldinia, la finca era muy silenciosa, el único sonido el del viento colándose entre las ramas de los árboles.

Hacía frío, pero se alegraba de aquel respiro y siguió paseando durante casi una hora. El sol empezaba a esconderse tras las montañas cuando por fin volvió al palacio. Tenía que vestirse para cenar con el rey y su fugaz alegría había dado paso a cierta preocupación.

No podía cometer ningún error y, sin embargo, mientras se acercaba a los escalones se dio cuenta de la poca información que le había dado Alessandro. ¿Era una cena con miembros de su gabinete o algo más informal? ¿La reina madre y los demás miembros de la familia real cenarían con ellos? Sabía que el hermano de Alessandro, Leo, y su esposa, Alyse, vivían en Averne. Como su hermana, la princesa Alexa.

Liana aminoró el paso, un poco asustada, pero también con cierta emoción. La energía de Sandro la turbaba y la fascinaba al mismo tiempo. Era una fascinación peligrosa que debería controlar si quería que aquel matrimonio saliera adelante.

Y así tenía que ser. Cualquier otra cosa era imposible porque decepcionaría a demasiada gente.

De modo que intentó olvidar sus preocupaciones mientras entraba de nuevo en el palacio, pero se detuvo de golpe, sin aliento, al ver que Alessandro aparecía por una puerta con el ceño fruncido.

–Buenas tardes. ¿Ha salido a dar un paseo por el jardín?

Ella asintió con la cabeza, observando el cabello despeinado, los ojos de plata y esa mandíbula cuadrada, imponente.

–Sí, Majestad.

–Tiene frío –Alessandro alargó una mano para tocar su cara. El ligero roce la afectó de manera tan inesperada que se echó hacia atrás instintivamente y vio cómo sus labios, que un segundo antes esbozaban una sonrisa, se fruncían en un gesto de desagrado–. Nos veremos en la cena –se despidió antes de darse la vuelta para salir al pasillo.

Liana irguió los hombros, haciendo un esfuerzo para caminar con paso firme, aunque no dejaba de preguntarse qué pasaría esa noche y cómo iba a manejar la situación.

Capítulo 2

ALESSANDRO estaba frente al espejo, ajustándose la corbata. Su reunión de esa tarde con lady Liana había ido tan bien como podía esperar y, sin embargo, se sentía insatisfecho, inquieto. Como se había sentido desde que volvió a Maldinia.

El palacio guardaba demasiados recuerdos y todos ellos tristes.

«No confíes en nadie. No ames. No creas que nadie te quiere».

Eso era lo que había aprendido después de años de abandono, de indiferencia, de rabia.

Suspirando, intentó apartar de sí esos pensamientos. Odiaba haber vuelto al palacio, pero lo había hecho por voluntad propia. Había vuelto para enfrentarse con su padre y aceptar su puesto como heredero al trono porque sabía que era lo que debía hacer. Era su deber.

«Y porque, siempre tan ingenuo, pensabas que tu padre iba a perdonarte. Que por fin iba a quererte».

Qué ciego había estado.

Pero no sería ciego con su esposa, pensó mientras se ponía los gemelos. Él sabía lo que necesitaba de lady Liana. Sin embargo, por un momento, al verla volviendo del jardín, el pelo cayendo sobre sus hombros como una pálida cascada de satén y los últimos rayos del sol rodeándola de un halo dorado, sintió que su corazón se aligeraba tontamente.

Tenía un aspecto diferente al de la mujer fría y compuesta que lo había recibido unas horas antes. Estaba preciosa, sus ojos de color lavanda brillantes, las mejillas rojas por el viento.

Tal vez no era la fría y ambiciosa mujer que había visto unas horas antes, pensó. Pero cuando, sin pensar, tocó su cara y Liana se apartó, la desilusión fue como un puñetazo en el estómago.

Era demasiado tarde para desear un matrimonio diferente, una vida diferente. Cuando recibió la llamada de su padre, después de quince años de silencio por ambas partes, había renegado de su derecho a desear algo diferente. Antes vivía solo, libre, haciendo lo que quería... tal vez durante demasiado tiempo. Siempre había sabido, aunque actuase como si no lo supiera, que aquello no podía durar.

Por eso había vuelto a Maldinia para ocupar su puesto, con todo lo que eso significaba. Una esposa, por ejemplo. La ambiciosa, apropiada y perfecta esposa de un rey.

Su expresión se endureció mientras se miraba al espejo por última vez antes de ir en busca de la mujer que reunía todos esos requisitos.

La encontró en el comedor privado en el que había pedido que se sirviera la cena, frente a una ventana, erguida y orgullosa, con un vestido de seda en color champán.

Se volvió al oírlo entrar y, después de un segundo de pausa, hizo una leve inclinación de cabeza.

Sandro la miró de arriba abajo. El vestido era decoroso, de estilo vagamente griego, con un prendedor de perlas y diamantes en cada hombro. La seda se pegaba a sus pechos, deslizándose por la estrecha cintura antes de caer hasta el suelo. Parecía hecha de marfil. Todo en ella tan frío, tan perfecto, que Sandro querría añadir un toque de color. ¿Se volverían rojas sus mejillas si la tocaba?

¿Y si la besaba?

¿Podría leer sus pensamientos? ¿Sentiría también ella esa repentina tensión? No podía saberlo, su expresión era indescifrable.

Se había vuelto a sujetar el pelo en un moño que destacaba los altos pómulos y la delicada estructura ósea de su rostro, pero Sandro sintió el loco impulso de quitarle las horquillas y dejarlo caer sobre sus hombros.

¿Qué haría, se preguntó, si se dejase llevar por el instinto? ¿Cómo respondería aquella princesa de hielo si la tomaba entre sus brazos y la besaba hasta dejarla sin aliento?

Casi como si hubiera leído sus pensamientos, ella levantó la barbilla, con un reto en los ojos de color violeta. Bien. Sandro quería ver alguna emoción, quería sentir algo real en ella, fuese por nerviosismo, humor o pasión.

Pasión.

Hacía algún tiempo que no se acostaba con una mujer y mucho más desde que tuvo una relación, pero se alegró al sentir una punzada de deseo. Tal vez haría algo al respecto esa misma noche. Tal vez derretiría el hielo y encontraría debajo a la mujer que era en realidad... si existía en absoluto. Esperaba, por los dos, que así fuera.

—¿Ha pasado una tarde agradable? —le preguntó, acercándose a la mesa para tomar una botella de vino que ya había sido abierta.

—Sí, gracias —respondió ella, sin moverse.

Sandro levantó la botella.

–¿Quiere una copa?

Ella vaciló durante un segundo antes de asentir con la cabeza.

–Sí, gracias.

«Sí, gracias». Unos modales perfectos. Todo era perfecto, pero él no quería perfección. Quería algo real, apasionado, algo que nunca había tenido con una mujer, con ningún ser humano en realidad, aunque llevaba mucho tiempo buscándolo.

Y sospechaba que lady Liana era la última persona que podría satisfacerlo en ese sentido.

Sirvió dos copas de vino, el líquido granate brillando a la luz de la chimenea, y cuando le ofreció su copa dejó que sus dedos se rozasen.

Notó que se ponía nerviosa mientras murmuraba un «gracias». Llevaban solos cinco minutos y había dicho «gracias» tres veces. Nada más.

Sandro tomó un sorbo de vino, disfrutando del sabor aterciopelado y del calor del alcohol. Lo necesitaba.

–¿Le han gustado los jardines del palacio?

–Sí, mucho, gracias...

–Gracias –repitió él, haciendo una mueca. Le horrorizaba ese tipo de conversación, esa falsedad. Le recordaba demasiadas desilusiones, demasiadas mentiras–. ¿Sabe decir algo más?

Ella parpadeó, sorprendida.

–¿Le molestan mis buenos modales, Majestad?

–Deberías llamarme Sandro –dijo él entonces, tuteándola por primera vez.

–Lo siento, pero me resulta difícil llamarlo por su nombre de pila.

–¿Por qué?

–Porque es usted el rey de Maldinia.

–Solo es un título.

Liana apretó los labios antes de volver a mirarlo con expresión seria.

–¿Eso es lo que piensa?

No, no lo era. La corona, el título, era un peso que lo ahogaba. Siempre lo había sido. Las expectativas de los demás, las desilusiones. Había visto cómo empleaba ese título su padre y no tenía la menor intención de emularlo, ningún deseo de ir por ese camino de destrucción. Y, sin embargo, no sabía si poseía la fortaleza necesaria para hacer lo contrario.

–¿Tú qué crees?

–Cree que ser rey es un honor y un privilegio.

–Y tú estás dispuesta a compartir ese honor y ese privilegio –replicó él, irónico.

Sandro conocía bien a ese tipo de mujer, que haría cualquier cosa por convertirse en reina, a quien no importaban el amor, la amistad o las emociones. ¿No se había encontrado con mujeres como ella durante toda la vida, empezando por su madre? Y Teresa había sido igual, interesada solo en su dinero y su estatus. Aún no había encontrado una mujer a quien no le importasen tales cosas y ya no tenía libertad para buscar.

–Por supuesto –respondió ella tranquilamente.

–Aunque no me conoces.

Liana vaciló y él tomó un sorbo de vino, observándola. Se preguntaba hasta dónde tendría que llegar para precipitar una emoción, cualquier emoción.

–¿No te asusta –insistió– que apenas nos conozcamos? ¿Qué vayas a unir tu vida a la de un extraño? ¿Que vayas a compartir tu cuerpo con él?

Quería que lo admitiese, que dijese algo que sonase humano, algo sobre lo extraño que era todo aquel asunto. Algo, cualquier cosa.

Ella lo miró un momento con expresión dudosa, reservada.

–Me lo ha preguntado antes, pero pensé que esa era la razón para celebrar esta cena, para conocernos un poco mejor.

–Pero estás dispuesta a casarte conmigo sin conocerme.

–Y usted está dispuesto a casarse conmigo en las mismas circunstancias –respondió ella.

Estaba retándolo y Sandro empezó a sentir respeto e interés. Al menos había dejado de darle las gracias y estaba siendo sincera.

–Por supuesto que sí. Tengo el deber de procurar un heredero al trono.

Notó que sus mejillas se teñían de color al mencionar el heredero.

–¿Entonces está justificado que usted lo haga, pero yo no?

–¿Tienes el deber de casarte con un rey?

–Tengo otros deberes, unos que tal vez usted no entendería.

–Claro que lo entiendo –replicó Sandro–. Quieres un título, una corona, dinero y poder...

–Y a cambio de eso, yo le daré mi apoyo, mi alianza –lo interrumpió ella–. Y herederos para el trono. ¿No es un intercambio justo? ¿No es lo que quiere?

Sandro se quedó en silencio, asombrado y un poco admirado. Al menos no fingía como habrían hecho otras y debería agradecerlo.

–Sí, tienes razón, pero preferiría que mi matrimonio no fuese un intercambio.

–Pero debe serlo porque es usted el rey de Maldinia. Eso no es culpa mía.

–Cierto, pero aun así...

–Cree que mis razones para casarme son menos válidas que las suyas.

Su astucia lo ponía nervioso.

–Supongo que sí. Has admitido lo que quieres: dinero, poder, fama. Todo eso me parece superficial.

–Si lo quisiera para mi propia gratificación, supongo que sería muy superficial, pero no es así.

Sandro frunció el ceño.

–¿Para qué querrías todo eso si no?

Ella sacudió la cabeza.

–¿Qué lo ha vuelto tan cínico?

–La vida, Liana, la vida –Sandro sabía qué lo había hecho tan cínico: saber que la gente existía para ser manipulada y utilizada. Incluso tus propios hijos.

–En ese caso, imagino que no le gusta la idea de casarse conmigo –dijo ella.

–No, no me gusta. Siento mucho si eso te ofende.

–No me ofende, pero sí me sorprende.

–¿Por qué?

–Porque había pensado que estaríamos de acuerdo sobre la naturaleza de este matrimonio.

–¿Y cuál es la naturaleza de este matrimonio?

Ella parpadeó, incómoda, apretando la copa contra su pecho.

–La conveniencia.

–Ah, sí, la conveniencia –repitió él. Y era muy conveniente para ella tener una corona, un título y todo lo que iba con eso–. Al menos, eres sincera.

–¿Por qué no iba a serlo?

–La mayoría de las mujeres que han querido mi título o mi dinero han mentido sobre lo que querían en realidad.

–Yo no soy ni falsa ni manipuladora.

–Me alegra saberlo.

Ella enarcó una ceja y Sandro contuvo un suspiro. No podía culparla por ser sincera.

–Cuéntame algo sobre ti misma –dijo por fin.

–¿Qué quiere saber?

–Cualquier cosa, todo. ¿Dónde vives?

–En Milán.

–Ah, sí, sé que te dedicas a proyectos benéficos.

–Así es.

–¿Qué proyectos benéficos en particular?

–Manos que Ayudan, una fundación que ofrece apoyo a familias que tienen hijos con minusvalías.

–¿Qué tipo de apoyo?

–Apoyo económico para las familias, ayuda práctica con el día a día, cursos –Liana hablaba con confianza, como si estuviera en terreno familiar. En sus ojos veía un brillo de energía.

–Y eso significa mucho para ti.

–Todo –respondió ella.

«¿Todo?». Su celo era admirable y sorprendente a la vez, aunque le resultaba un poco extraño.

–¿Por qué?

–¿Por qué no?

–Es admirable, pero me siento intrigado. La mayoría de la gente no dedica toda su vida a causas filantrópicas. Pensé que solo lo hacías para ocupar tu tiempo.

–¿Ocupar mi tiempo?

–Hasta que te casaras.

–Es usted tan tradicional como mis padres.

–Pero estás aquí.

–¿Qué quiere decir?

–Que pocas mujeres se casarían con un desconocido.

Ella lo miró con frialdad.

–A menos, claro, que hubiese algo para ella: dinero, estatus, un título.

–Exactamente.

Liana sacudió la cabeza.

–¿Y qué hay para usted, Majestad? Considerando la desgana con la que trata el tema, siento curiosidad por saberlo.

Sandro esbozó una sonrisa irónica.

–Una esposa que sea una reina perfecta, que esté a mi lado y sirva a mi país. Y, por supuesto, que me dé herederos.

Un ligero rubor cubrió la piel de porcelana, intrigándolo aún más. Liana tenía veintiocho años, pero se ruborizaba como una virgen. Y, según ella, no había habido ningún otro hombre en su vida.

–Eso sigue sin responder a mi pregunta. Entiendo que necesita casarse, ¿pero por qué yo en particular?

Sandro se encogió de hombros.

–Eres la hija de un aristócrata, te mueves en el mundo filantrópico, tu padre es un miembro importante de la Unión Europea. Imagino que serás fértil.

El rubor en sus mejillas se intensificó.

–No hay razón para pensar lo contrario.

–Supongo que, en este tipo de unión, esa cuestión siempre es un riesgo.

–¿Y si no pudiera tener hijos? –le preguntó ella entonces–. ¿Habría divorcio?

Sandro se rebelaba contra el divorcio tanto como contra el matrimonio. Todo era tan frío.

–Cruzaremos ese puente cuando lleguemos a él.

–Ah, muy consolador.

–Tampoco a mí me gusta la situación, Liana. Yo preferiría una relación normal con una mujer que...

–Sandro no terminó la frase al darse cuenta de que estaba revelando demasiado.

«Una mujer que me quisiera por mí mismo, no por mi dinero o por la corona».

Pero no iba a contarle nada de eso.

–¿Una mujer qué? –le preguntó ella.

–Una mujer que no estuviera interesada en mi título.

–¿Por qué no busca una entonces? –le preguntó ella. Y no parecía dolida o molesta, solo curiosa–. Tiene que haber una mujer que lo quiera por usted mismo, Majestad.

Y, evidentemente, no era ella, algo que Sandro aceptaba y entendía. O debería entenderlo.

–Aún no he encontrado a ninguna. Y, por favor, llámame Sandro –respondió bruscamente–. El hecho de tener un título atrae a mujeres que no me interesan.

–Y, sin embargo, renunció... renunciaste a él hace quince años –observó Liana–. ¿No encontraste ninguna mujer en California?

Él sintió una punzada de algo... rabia, o tal vez humillación. Parecía creer que era un ser patético, incapaz de encontrar una mujer que lo amase por sí mismo.

Y tal vez así era, pero no le gustaba que la princesa de hielo lo supiese.

–Las mujeres a las que conocí en California también estaban interesadas en mi dinero y mi estatus –replicó, pensando en Teresa. Se había enamorado de ella como un cachorro, pero no volvería a cometer ese error. Sus intentos de entablar una relación terminaban en aquella habitación, con aquella mujer, y no había sitio para el amor entre ellos.

–Yo no estoy interesada en tu dinero –dijo Liana entonces–. No tengo la menor intención de lucir joyas carísimas o pasearme con vestidos de diseño... o lo que hagan esas mujeres tan avariciosas a las que has conocido.

Había una sorprendente nota de humor en su voz y eso despertó el interés de Sandro.

—¿Avariciosas?

—Tú las describes de ese modo. No sabía que hubiese tantas mujeres frías y ambiciosas volando como buitres a tu alrededor.

Él esbozó una sonrisa.

—¿Entonces tú no eres una de ellas?

—No, yo no. Estoy interesada en ser reina, no por el dinero o la fama, sino por la oportunidad que ese título me ofrecería.

—¿Y qué oportunidad sería esa?

—Promocionar la fundación en la que trabajo, Manos que Ayudan.

Él la miró, en silencio. ¿De verdad esperaba que creyese esa tontería?

—¿Estás dispuesta a casarte con un completo extraño para promocionar una fundación?

Liana frunció el ceño.

—Está claro que te parece increíble.

—¿Vas a renunciar a tu vida por una buena causa?

—¿Eso es lo que sería un matrimonio contigo, renunciar a mi vida? —Liana enarcó una ceja, sus ojos lanzando destellos de color violeta—. Entonces, no te valoras demasiado.

—Nunca te querré —afirmó Sandro entonces. Aunque una vez hubiese anhelado una relación de verdad, él sabía que nunca encontraría a la mujer que buscaba. Aunque quisiera ser reina por una buena causa, una noción que le parecía ridícula, Liana quería su título, no a él. La razón no importaba.

–Yo no estoy interesada en el amor –dijo ella, sin parecer molesta por tan abrupta afirmación–. Y como me da la impresión de que tampoco tú estás interesado, este arreglo podría ser ventajoso para los dos. Puede que no quiera casarse, Majestad...

–Sandro.

–Puede que no quieras casarte, Sandro, pero está claro que debes hacerlo. Yo tengo mis razones para aceptar este matrimonio, igual que tú, de modo que no entiendo que las critiques o las pongas en duda. ¿Por qué no podemos llegar a un acuerdo amistoso en lugar de mostrarnos resentidos y amargados por algo que ninguno de los dos puede cambiar?

–Tú podrías hacerlo –señaló él–. No estás obligada como lo estoy yo.

La expresión de Liana se volvió más reservada y Sandro pensó que escondía algo, alguna secreta pena.

–No, es cierto, no tengo ninguna obligación.

La intensidad con que pronunció esa frase lo tomó por sorpresa. Había algo oculto en aquella mujer... y quería saber qué escondían las sombras de sus ojos, quería verlas reemplazadas por un brillo de alegría, de deseo.

¿Un acuerdo amistoso? ¿Por qué no?

Ella fue la primera en romper el fuego tomando un sorbo de vino y Sandro hizo un esfuerzo para tranquilizarse y conocer a aquella mujer.

–De modo que vives en Milán. ¿Tus padres tienen un apartamento allí?

–Sí, pero yo tengo uno propio.

–¿Y te gusta vivir en la ciudad?

Liana se encogió de hombros.

–Es conveniente para mi trabajo.

Su trabajo benéfico, por el que no recibía un salario. ¿Sería sincera al decir que estaba dispuesta a casarse con él para promocionar la fundación? A él le parecía absurdo y, sin embargo, había visto un brillo decidido en sus ojos cuando hablaba de ello.

–¿Por qué te interesa tanto esa fundación en particular?

–Es una buena causa –respondió ella, apartando la mirada.

–Hay muchas buenas causas y muchas fundaciones. ¿Qué has dicho que hacían, ayudar a familias con hijos minusválidos?

–Sí.

Unos minutos antes hablaba con toda confianza, pero de repente cada palabra parecía costarle un mundo. Estaba escondiendo algo, pensó Sandro.

–¿Y hay algo en especial que te atrajo de esa fundación? –insistió.

Por un momento, Liana lo miró con un brillo de angustia en los ojos que Sandro no entendió. Pero de inmediato su expresión volvió a ser la misma de antes, compuesta y serena, como si se hubiera colocado un velo frente a la cara.

–Como he dicho, es una buena causa.

No iba a decir nada más, estaba claro. Muy bien, tendría tiempo para descubrir sus secretos.

–¿Fuiste a la universidad?

–No, empecé a trabajar en la fundación cuando tenía dieciocho años –Liana se movió, inquieta–. ¿Y tú? ¿Lo pasaste bien en tu época universitaria?

Sandro pensó en esos días en Cambridge, en la libertad y la amarga desilusión que había recibido después. ¿Lo había pasado bien? Al principio, sí. Pero después estaba demasiado furioso y dolido como para disfrutar nada.

–Esos años cumplieron con su propósito –respondió.

–¿Qué propósito era ese?

–Educarme.

–Renunciaste a tu título después de terminar la carrera, ¿no?

Sandro apretó los labios. Eso era algo que sabía todo el mundo, pero no le gustaba hablar de ello. Aparentemente, los dos tenían secretos.

–Así es.

–¿Por qué?

Una pregunta muy directa, pero que nadie le había hecho nunca. Nadie se había atrevido y, sin embargo, aquella mujer de ojos color violeta y expresión cerrada la hacía sin el menor temor.

–Me pareció necesario en ese momento –respondió simplemente.

Liana aceptó esa respuesta sin insistir más y Sandro se sintió tontamente decepcionado. No estaba interesada en él, claro que no. Y él no quería hablar del asunto. Entonces, ¿por qué le importaba?

No le importaba. Sencillamente, estaba molesto porque, aunque aceptaba la necesidad de su matrimonio, se rebelaba contra él. Se rebelaba contra la prisión del palacio, con sus odiosos recuerdos e interminables expectativas. Se rebelaba contra casarse con una mujer a la que no amaría nunca y que nunca lo querría a él. ¿Su matrimonio se volvería tan amargo y lleno de recriminaciones como el de sus padres? Esperaba que no, pero no sabía cómo iban a evitarlo.

–Deberíamos cenar –murmuró bruscamente, apartando una silla.

Cuando Liana se sentó, respiró su perfume, algo sutil y floral, tal vez agua de rosas.

Y, al ver los finísimos pelillos dorados en su nuca, sintió el repentino deseo de acariciarla, de poner los labios sobre su cuello. Imaginó cómo reaccionaría y esbozó una sonrisa, pero se preguntó de nuevo si la princesa de hielo sería de hielo por completo. Lo descubriría más pronto que tarde y tal vez al menos podrían disfrutar de ese aspecto de su matrimonio.

–¿Qué has estado haciendo en California estos años? –le preguntó Liana después de que sirvieran el primer plato: mejillones con mantequilla y vino blanco.

–Tenía una empresa.

–¿Y te gustaba tu trabajo?

–Mucho.

–Pero lo dejaste para volver a Maldinia.

Había sido la decisión más difícil de su vida y, sin embargo, en realidad no había sido una decisión.

–Así es –se limitó a responder.

Ella inclinó a un lado la cabeza.

–¿Te alegras de haberlo hecho?

–Sencillamente, era lo que tenía que hacer.

–Era tu deber.

–Así es.

Sandro sacó un mejillón de su cáscara con los dedos y, después de sorber el líquido, comió la suculenta carne. Pero se dio cuenta de que Liana no había empezado a comer.

–¿No te gustan los mejillones?

–Seguro que están deliciosos –respondió ella, tomando el tenedor para sacar un mejillón de su cáscara... sin éxito.

Era un plato que requería usar los dedos y Sandro se echó hacia atrás en la silla, esperando ver qué hacía su futura esposa.

Apretando los labios, Liana lo intentó de nuevo.

Clavó el tenedor en el mejillón y tiró de él, pero el utensilio volvió de vacío y la cáscara cayó ruidosamente sobre el plato de porcelana.

Sandro esbozó una sonrisa.

—¿Te estás riendo de mí? —exclamó ella, sorprendida.

—Debes tomar el mejillón con los dedos. Y eso significa que tendrás que ensuciártelos.

—O podrías darme un cuchillo —sugirió Liana.

—Ah, pero esto es mucho mas interesante —Sandro tomó otro mejillón, sujetándolo con dos dedos, y después de comerlo tiró la cáscara vacía sobre el plato—. ¿Lo ves?

Le gustaría verla comiendo con los dedos, los labios manchados de mantequilla, viviendo la vida en lugar de observarla. Pero estaba seguro de que encontraría la forma de comer sin mancharse. Era ese tipo de mujer.

Liana lo observaba con frialdad, como si fuera un espécimen en un laboratorio. ¿Y qué conclusiones habría sacado? Sandro dudaba que lo entendiera, como él no podía entenderla a ella. Sencillamente, eran demasiado diferentes como para ponerse de acuerdo en algo, aunque fuera un simple plato de mejillones.

—¿Crees que podrás comer alguno? —le preguntó.

Ella clavó el tenedor en un mejillón, lo sacó con cierto esfuerzo y se lo metió en la boca, masticando decididamente.

—¿Eso es lo que podríamos llamar un compromiso? —bromeó Sandro.

—Yo lo llamo «necesidad». Tenía que comer.

—Necesitaremos de ambos en nuestro matrimonio.

—Como en cualquier otro matrimonio, imagino —respondió ella, dejando el tenedor sobre el plato. No iba a seguir peleándose con los mejillones–. ¿Qué es lo que tanto te disgusta de mí? –le preguntó abruptamente.

Sandro la miró, sorprendido. Desde luego, era espontánea y directa.

–Que hayas decidido aceptar este matrimonio sin conocerme, salvo una vez, hace más de quince años. Eso me dice todo lo que necesito saber sobre ti. Y no me gusta.

–De modo que me has descartado inmediatamente por tomar la misma decisión que has tomado tú.

–Admito que suena un poco hipócrita, pero yo no tenía alternativa. Tú sí.

–¿Se te ha ocurrido pensar que opinarás lo mismo de cualquier mujer que acepte tu proposición de matrimonio? Esa mujer no puede ganar, sea yo o cualquier otra. Estás decidido a odiar a tu esposa sencillamente porque ha aceptado casarse contigo. No me parece muy sensato.

Su lógica, y su inteligencia, lo sorprendieron. Tenía razón, no era muy sensato odiar a alguien a quien necesitabas. Estaba actuando de una manera estúpida, infantil, pagando sus frustraciones con una mujer que solo estaba haciendo lo que él esperaba que hiciese.

–Lo siento –se disculpó Sandro–. Me doy cuenta de que estoy haciendo esto más difícil para los dos. Debemos casarnos, esa es la cuestión.

–Podrías elegir a otra mujer. Alguien que te guste más que yo –sugirió ella.

Él enarcó una ceja, divertido.

–¿Estás sugiriendo que lo haga?

–No, pero... –Liana se encogió de hombros–. Yo no deseo ser una condena para nadie.

–¿Sería yo una condena para ti?

–Yo he aceptado las limitaciones de este matrimonio, pero parece que tú no lo has hecho.

Y eso hacía que pareciese un tonto romántico. No, él había aceptado las limitaciones de ese matrimonio, pero se rebelaba contra ellas. Algo que, como la propia Liana había señalado, no tenía ningún sentido.

–Perdóname. He pagado contigo mi frustración, pero no volveré a hacerlo. Deseo casarme contigo y no con otra mujer. Eres perfecta para el papel de reina y te pido disculpas por usar eso contra ti –el pequeño discurso sonaba muy formal, pero lo decía de corazón. Había tomado una decisión y era hora de seguir adelante sin protestar como un crío.

–Acepto la disculpa –dijo ella. No parecía decirlo de verdad y Sandro la entendía.

–Después de la debacle del matrimonio de mi hermano, por no hablar del de mis padres, nuestro país necesita la estabilidad de una monarquía sin sobresaltos.

–¿El príncipe Leo?

–¿Lo conoces?

–Lo he visto en varias ocasiones. Sé que está casado con Alyse Barras.

–La boda del siglo, aparentemente. La historia de amor del siglo... –Sandro sacudió la cabeza–. Y todo era mentira.

–¿Pero siguen juntos?

–Sí, siguen juntos. La ironía es que se quieren, pero no se enamoraron hasta después de estar casados.

–Entonces, ¿el compromiso de seis años era...?

–Falso. Y el público no perdonará eso fácilmente.

–No creo que importe demasiado ya que Leo no va a ser el rey.

Dios, era fría como el hielo.

—No, supongo que no.

—Quiero decir que la publicidad ya no es un problema para él —aclaró Liana, como si hubiera leído sus pensamientos.

—Pero lo será para nosotros, por eso he decidido ser sincero sobre la conveniencia de este matrimonio. Nadie va a creer que estamos enamorados.

—En lugar de un cuento de hadas —dijo ella—, la nuestra será una unión de conveniencia, una asociación beneficiosa para todos.

—Supongo que es una manera de verlo.

Aunque pensar en el matrimonio de sus padres le revolvía el estómago. Si en un matrimonio no había amor o simpatía siquiera entre las dos partes, ¿cómo no iba a volverse amargo? ¿Cómo no iba a convertirse en una tortura?

Él no había visto un ejemplo mejor.

Respirando profundamente, Sandro pulsó un discreto botón para llamar al servicio. Era hora del segundo plato. Hora de seguir adelante, en lugar de pelearse con el destino, como el niño desafiante y dolido que había sido una vez. Tenía que aceptarlo y eso significaba decidir cómo iba a sobrevivir a su matrimonio con lady Liana Aterno.

Capítulo 3

LIANA estudiaba el rostro de Sandro, preguntándose qué estaba pensando. Su futuro marido era un enigma para ella. No entendía por qué todo lo que hacía, desde ser amable a intentar sacar los mejillones con el tenedor para no mancharse, parecía enfadarlo tanto.

No quería casarse con ella, eso era evidente. Y, aunque no lo había esperado, tampoco debería sorprenderla. Alessandro había pasado quince años escapando de sus deberes como sucesor del monarca. Que al final hubiese decidido volver para ocupar su puesto no significaba que lo hubiese hecho con agrado, como él mismo le había dicho.

Y, sin embargo, era difícil no tomarse su desagrado como algo personal. Era una tontería que le doliese porque ella no quería ni su amor ni su afecto, pero había esperado que se llevasen bien, que llegasen a un acuerdo.

Un criado entró en el comedor para llevarse los platos y Liana se alegró al despedirse de los mejillones. Sandro había disfrutado de su incomodidad y seguramente le habría encantado que se manchase el vestido. Tal vez debería haberse lanzado sobre los mejillones para devorarlos, quizá eso le habría gustado más, pero ella no iba a cambiar en un momento, ni siquiera por algo tan trivial. Ella no era así, sencillamente.

Otro criado sirvió el segundo plato, cordero con salsa de menta, y salió discretamente del comedor.

–Al menos no tendrás problemas con esto –bromeó Sandro.

Liana levantó la mirada, molesta. Ella no se enfadaba a menudo, pero aquel hombre la sacaba de sus casillas.

–Pareces disfrutar mucho haciendo que me sienta incómoda.

–Solo era una broma –dijo él–. Te pido disculpas si te he ofendido, pero es que eres tan perfecta.

¿Perfecta? Si él supiera...

–Nadie es perfecto.

–Tú eres lo más parecido.

–Intuyo que eso no es un cumplido.

Sandro esbozó una sonrisa. Tenía unos labios que parecían esculpidos, casi como los de una estatua. Y mirarlo a los ojos no era más tranquilizador. Eran grises como la plata, con un brillo de burla.

Notaba que le temblaban las manos y no era una sensación agradable. O tal vez era demasiado agradable. Porque sentía la misma fascinación que cuando lo vio por primera vez.

–Me gustaría verte con el pelo suelto, cayendo sobre los hombros –dijo él entonces–. Los labios abiertos, las mejillas enrojecidas.

Parecía una orden y Liana notó que se ruborizaba. La imagen que había creado era tan sugerente...

–¿Por qué quieres verme así?

–Porque creo que serías aún más bella. Tendrías un aspecto cálido, real, vivo.

Liana se echó hacia atrás, dolida por sus palabras.

–Soy real y estoy viva.

–Me recuerdas a una estatua.

¿Una estatua? Una estatua era fría, sin vida, sin sangre ni sentimientos. ¿Pensaba que ella era así?

Aunque lo había sido durante los últimos veinte años.

Pensar eso fue como un golpe, pero intentó disimular.

–¿Estás intentando ofenderme?

Había cierta verdad en sus palabras y, sin embargo, ella no quería ser una estatua con aquel hombre.

Un pensamiento que la alarmaba más que ningún otro.

–No lo intento, supongo que me sale de manera natural. Y te pido disculpas de nuevo.

–Ya veo –murmuró Liana.

–¿Nunca te enfadas? ¿Nunca gritas o dices palabrotas?

–¿Preferirías casarte con una arpía? –le preguntó ella y Sandro sonrió de nuevo.

–¿Hay algo que te enfade de verdad?

–Ahora mismo, tú –respondió Liana.

Sandro rio, el sonido excitante, masculino. Aquel hombre era irritante, frustrante y...

Sin embargo, le gustaba su risa.

–Me alegro. El enfado es mejor que la indiferencia.

–No he dicho que sea indiferente.

–Pero lo has demostrado –replicó él–. Bueno, no del todo. No eres tan indiferente como quieres que crea o incluso como quieres creer tú misma.

Liana se quedó sin aliento.

–No sé qué quiere decir, *Majestad*.

Él se inclinó hacia delante para mirarla a los ojos.

–Te he dicho que debes llamarme Sandro.

Liana se puso colorada, su corazón palpitando como loco. Estaba enfadada, asustada y, sin embargo, lo deseaba... y él lo sabía.

–No siento ninguna inclinación de llamarlo por su nombre ahora mismo, *Majestad* –respondió por fin.

–Me pregunto en qué circunstancias me llamarías Sandro.

Liana se clavó las uñas en las palmas de las manos.

–No se me ocurre ninguna en este momento.

–A mí se me ocurren un par de ellas –dijo él, con una mirada intensa–. Sí, definitivamente una o dos –repitió, tirando la servilleta sobre la mesa antes de levantarse.

Parecía un conejillo asustado. Pero, incluso sorprendida como estaba, se agarraba a ese férreo control, a esa frialdad. Sandro sentía el deseo de arrebatarle ese control y ver lo que había debajo... un deseo que iba a hacer realidad.

Liana lo miraba con los ojos muy abiertos, sujetando el tenedor y el cuchillo como si fueran un salvavidas.

Sandro se acercó a ella con movimientos de predador. Actuaba por instinto, para quitarle esa frialdad, para romper el hielo. Para hacer que se derritiera en sus brazos.

Despacio, pero con firme propósito, le quitó los cubiertos de las manos y ella no se resistió. Su mirada violeta estaba clavada en él, los labios ligeramente entreabiertos. Su pulso se había acelerado cuando la tomó por las muñecas y tiró de ella para levantarla de la silla.

Tampoco se resistió entonces, ni siquiera cuando se acercó un poco más, ni cuando metió una pierna entre las suyas y levantó las manos para acariciar su cara.

Su piel era increíblemente suave y, mientras pasaba la yema del pulgar por sus labios, ella dejó escapar un suave gemido.

Sandro la miró a los ojos mientras rozaba sus labios, un primer beso suave e interrogante. Liana permaneció inmóvil, con las manos a los costados, pero notaba los fuertes latidos de su corazón y su determinación de hacer que respondiera cristalizó, dura como un diamante. Siguió besándola, deslizando la lengua dentro de su boca, la pregunta convirtiéndose en una exigencia.

Para ser una mujer tan fría, su boca era increíblemente cálida y dulce. Quería más y, mientras exploraba el contorno de sus labios con la lengua, bajó las manos para acariciar sus pechos, sorprendentemente generosos y firmes. Pero Liana seguía inmóvil. Como una estatua, rígida y helada.

Pero él quería, necesitaba, que respondiera. Necesitaba algo real y vivo y haría lo que tuviese que hacer para conseguirlo.

Se apartó un poco para besar su barbilla, su cuello, disfrutando de la suavidad de su piel. Y entonces, por fin, Liana dejó escapar un gemido y le echó los brazos al cuello, clavando las uñas en su piel.

Sandro dejó escapar un gemido de triunfo. Liana quería aquello.

A él.

Excitado, besó su escote, del que colgaba una borla de diamantes y perlas. Cuando levantó la joya para lamer su piel, la oyó gemir y, dejando escapar un rugido de triunfo, abrió sus piernas y se colocó entre ellas, la seda del vestido susurrando mientras la besaba como un hombre hambriento.

Liana rozó tímidamente su lengua y él, inflamado, bajó los tirantes del vestido, liberando los pechos de su sedosa prisión.

No llevaba sujetador y el deseo se apoderó de él al verla con la cabeza hacia atrás, jadeando, rendida, su rostro arrebatado, los labios entreabiertos, ardiendo. Aquello era lo que quería e inclinó la cabeza para besar su garganta de nuevo, acariciando sus pechos...

De repente se abrió la puerta y una camarera dejó escapar una exclamación antes de disculparse apresuradamente. Pero la entrada de la mujer había roto el hechizo, haciendo que los dos se arrepintiesen.

Liana se apartó, mirándolo con los ojos abiertos de par en par y Sandro le devolvió la mirada con desafío y deseo porque, por mucho que quisiera negar lo que había pasado entre ellos, su respuesta había sido innegable. No era una estatua. Había una mujer cálida y real bajo ese frío exterior y se alegraba en lo más profundo de su corazón.

—No... —empezó a decir ella.

—Es un poco tarde para eso, ¿no te parece?

—No deberías...

—¿Haber parado?

—Haber empezado.

—¿Por qué no? Al fin y al cabo, vamos a casarnos.

Ella sacudió la cabeza, temblando mientras intentaba volver a ponerse el vestido.

—No me toques —le espetó cuando intentó ayudarla.

—Solo quiero ayudarte. No puedes ponerte los tirantes.

Liana dejó que la ayudase y, al verla temblando, tuvo que hacer un esfuerzo para no volver a besarla.

Su cabello estaba despeinado, el vestido arrugado y manchado por la parte de atrás. Mientras la veía recuperar su fría compostura pensó cuánto le gustaría volver a verla ardiendo de pasión...

–Gracias –murmuró ella, sin mirarlo.

–Me temo que he arruinado la cena.

–No tengo apetito.

–Tal vez no de comida, pero...

–No –lo interrumpió Liana, volviéndose para mirarlo a los ojos. Y en ellos vio no solo vergüenza, sino una tortuosa determinación que le robó la euforia por su respuesta. La había seducido y ella lo sabía. Sus besos habían sido un ataque calculado para derretir su frialdad.

Pero ella había respondido, eso había sido real. Aunque lo lamentase después.

Sandro se cruzó de brazos.

–Esta será una unión pactada, pero eso no significa que no podamos desearnos el uno al otro. Francamente, para mí es un alivio... –cuando Liana negó con la cabeza, él tuvo que contener su impaciencia–. ¿Cómo ves entonces nuestro matrimonio? Sabes que necesito un heredero.

–Lo sé, sí –asintió ella, sin mirarlo, mientras volvía a colocar las horquillas en su pelo.

–¿Eres virgen? –le preguntó Sandro abruptamente. Y, por fin, Liana lo miró, casi enfadada.

–Por supuesto que sí.

–¿Por supuesto? Tienes veintiocho años. No esperaba que te hubieses reservado para el matrimonio.

–Pero así es. Siento mucho que sea otra decepción para ti.

–No es una decepción –dijo él–. Pero entiendo que te sientas un poco incómoda o que temas lo que pueda pasar...

–No tengo miedo –lo interrumpió Liana.

–¿Entonces?

–Sencillamente, no estaba... no esperaba esto.

–Debería ser una sorpresa agradable saber que nos deseamos, ¿no? No veo cuál es el problema.

Ella respiró profundamente, llevándose una mano al corazón.

–Este matrimonio era... es un matrimonio de conveniencia.

–Pero debemos consumarlo para tener herederos.

–¡Ya lo sé! –exclamó Liana–. Pero yo no... no quiero sentir –no sabía cómo terminar la frase y Sandro sintió el deseo de consolarla, de ofrecerle un abrazo amistoso en lugar de las calculadas caricias de unos minutos antes.

¿Qué causaba ese tormento?, se preguntó.

Liana sentía como si se hubiera roto en mil pedazos. Solo había aguantado por fuerza de voluntad.

Nunca la habían acariciado así, nunca había sentido un deseo tan abrumador. Era algo que no conocía de ella misma, que nunca había querido.

Porque, si se permitía a sí misma desear todo eso, se abriría al dolor, a la decepción, a los sentimientos. Y ella se había alejado de los sentimientos mucho tiempo atrás para no arriesgar la frágil muralla de seguridad tras la que protegía su corazón.

Había decidido casarse con él pensando que Sandro no exigiría nada de eso, que estaría segura.

Pero ya no se sentía así. ¿Y cómo iba a explicárselo sin parecer una persona rara? Una persona rara y frígida, además.

¿Qué iba a decir: «Lo siento, Sandro, pero no quiero disfrutar del sexo contigo»?

Sonaba ridículo incluso a sus propios oídos.

–¿Qué es lo que no quieres sentir, Liana?

Aquello. A él. ¿Cómo iba a decírselo?

–Yo... no quiero desearte –dijo por fin, viendo cómo enarcaba una ceja.

–¿Por qué no?

«Porque me asusta. Tú me asustas». Parecía un ratoncito patético y tal vez lo era, pero no quería que él lo supiera. Había querido mostrarse fría y segura de sí misma cuando, evidentemente, no era más que una fachada.

Sandro seguía mirándola, en silencio. Seguramente no podía entender por qué una mujer no quería desearlo. Sabía por las revistas de cotilleos que las mujeres caían rendidas a los pies de Sandro Diomedi, fuese el rey de Maldinia o un simple empresario.

Pero no quería ser una de ellas.

Siempre había sabido que tendría que cumplir con su obligación de darle herederos. Podía ser inexperta, pero eso lo entendía. Y también sabía que la mayoría de la gente no lo veía como una pesada obligación. Había leído suficientes novelas románticas como para saber que muchas mujeres encontraban agradable y placentera esa parte del matrimonio.

Y también ella lo había disfrutado unos minutos antes.

Sintió que le ardía la cara al recordar cómo lo había besado, cómo la boca de Sandro había aplastado la suya, sus caricias despertando terminaciones nerviosas que hasta entonces estaban dormidas...

Apartó la mirada, intentando olvidar todo eso. No quería despertar, así no.

–¿Liana?

Ella buscó una respuesta, algo creíble, algo que le hiciese tanto daño como le habían hecho a ella sus burlas. Un Sandro que la encendía con sus caricias era más peligroso que uno que la ofendía con su desdén.

–Porque no te respeto –dijo por fin.

Y vio que él se echaba perceptiblemente hacia atrás, como si lo hubiese golpeado.

–¿No me respetas? –repitió Sandro, atónito–. ¿Por qué no me respetas?

–¿Dejaste a un lado tus obligaciones durante quince años y tienes que preguntar eso?

Al ver que sus mejillas se oscurecían supo que había dado en la diana. Pero había cierta verdad en lo que había dicho, en lo que sentía. Sandro le había dado la espalda a unas obligaciones que, de repente, le parecían importantes mientras ella llevaba toda la vida intentando ganarse el respeto de sus padres por un error que cometió de niña.

–No sabía que te preocupasen tanto mis obligaciones.

–No me preocupan y parece que a ti tampoco te han importado en mucho tiempo –replicó Liana, asombrada de sí misma.

¿Era ella quien había pronunciado esas palabras? ¿Era ella la que se había derretido en los brazos de aquel hombre? Se sentía como una extraña. No podía creerlo. En una sola noche había hecho y dicho cosas que jamás se hubiera permitido antes.

–Eres muy sincera –dijo Sandro, en voz baja–. Y lo agradezco, aunque no agradezca tus palabras.

Liana sabía que debería disculparse, pero en realidad no lamentaba lo que había dicho. Aquel hombre había querido humillarla, hacerle daño, utilizarla para demostrar que llevaba razón. Ella podía ser inocente en algunos aspectos, pero tenía suficiente sentido común como para saber que Sandro la había besado no solo por deseo, sino para demostrar su poder sobre ella.

Y lo había hecho. Vaya si lo había hecho.

Pero no volvería a ocurrir.

—Parece que no tenemos nada más que decirnos el uno al otro —anunció Sandro entonces.

—¿Qué...?

Veinte años siendo la obediente hija y lo había estropeado todo en un momento. ¿Por qué había sido tan impetuosa?

—No creo que tengamos que volver a vernos.

—Me doy cuenta de que he hablado de manera impulsiva...

—Y has dicho lo que piensas —la interrumpió él—. Agradezco su sinceridad, *lady Liana*. Pero el nuestro será un matrimonio de conveniencia y no tiene sentido intentar conocernos el uno al otro o buscar simpatía. En este caso, los dos cumpliremos con nuestra obligación, sencillamente.

—¿Quieres decir...?

—La boda tendrá lugar dentro de seis semanas. Nos veremos entonces.

Y, sin decir una palabra más, el rey se dio la vuelta y salió del comedor, dejándola sola.

Sandro salió furioso del comedor, las palabras de su futura esposa repitiéndose en su cabeza:

«¿Dejaste a un lado tus obligaciones durante quince años y tienes que preguntar eso?».

No se andaba por las ramas. Y, aunque sabía que tenía razón, que eso era lo que había hecho, odiaba que ella lo supiera, que lo hubiera señalado, que no lo respetase.

¿Quién era ella más que una mujer dispuesta a venderse por una corona y un título, por muchas ideas caritativas que tuviese? ¿Cómo se atrevía a echarle en cara su desprecio?

Sus palabras le habían dolido en el alma porque lo ponían frente a un espejo en el que no quería mirarse. Se sentía egoísta, inadecuado... y no podía soportarlo. No podía soportar el sentimiento de culpa, el resentimiento. No quería ser rey, no quería nada de aquello y, sin embargo, era suyo por derecho. Por sentido del deber.

Aunque no lo mereciese. Aunque temiese no poder soportar el peso de la corona que su padre no había querido entregarle.

El estudio aún olía a los puros habanos de su padre y Sandro abrió una ventana para respirar el aire fresco de la noche y el aroma de la resina de los pinos que bordeaban la capital, deseando olvidar el deseo que había sentido por Liana.

Tal vez debería romper su compromiso, pensó. Buscar otra esposa, alguien más cálido, con un poco más de corazón. Alguien que lo respetase.

«¿Y en qué cambiaría eso cuando la verdad es que te alejaste de tus obligaciones como príncipe?».

«Cuando la verdad es que no mereces la corona o el respeto que merece la corona».

Sandro cerró los ojos, imaginando la expresión despreciativa de su padre un momento antes de morir.

«¿Crees que esto era lo que yo quería, a ti en el trono?».

Pero eso era lo que él había esperado, que por fin su padre lo aceptase. Que lo quisiera.

«Idiota».

Sandro dejó escapar un suspiro. No cancelaría la boda, no buscaría otra esposa. Con Liana conseguía lo que quería y no podía esperar más.

¿Qué clase de mujer aceptaba un matrimonio de conveniencia? Una mujer como Liana, como su madre, carentes de emociones. Y debería sentirse satisfecho porque él no tenía energía para emociones. Ni siquiera creía en el amor, ¿para qué molestarse en buscarlo?

Pero el deseo de encontrar cariño era algo que lo había perseguido desde niño, desesperado por conseguir la atención de su padre, su aprobación, cuando lo único que hacía el rey era utilizarlo a su antojo.

–¿Sandro?

Leo estaba en la puerta del estudio. Seis meses antes, él había sido el primero en la línea de sucesión al trono. Lo había sido desde que su padre lo desheredó. Quince años preparándose para llevar la corona y entonces Sandro aparecía inesperadamente y lo liberaba. Al menos, así era como lo había visto durante mucho tiempo. Leo no había protestado por su regreso y Sandro sabía que su hermano odiaba los fingimientos de la vida en palacio tanto como él.

Sin embargo, había sido un buen heredero al trono durante su ausencia. Tanto que había empezado a preguntarse si lamentaba su regreso.

Pero había decidido no preguntar.

Leo, que era el jefe del gabinete, vivía en Averne con su esposa, Alyse, y estaba intentando modernizar Maldinia.

–¿Qué pasa? –Sandro sacudió la cabeza, molesto consigo mismo por usar un tono demasiado brusco–. Lo siento, ha sido un día complicado.

–¿Has conocido a lady Liana?

—Sí.

—¿Y te parece bien?

Sandro rio, un sonido amargo, sin humor.

—Definitivamente.

Leo entró en el estudio y cerró la puerta.

—No pareces muy contento.

—¿Alguno de los dos quería casarse por obligación?

—A veces puede salir bien –respondió su hermano, con una sonrisa en los labios.

—A veces –asintió Sandro. A él le habían salido bien. Estaba enamorado de su mujer y libre para dedicarse a sus propias ambiciones.

—Siempre he pensado que Liana era una chica muy agradable. Aunque a veces parece un poco triste.

—¿Triste? –repitió Sandro, recordando las sombras en sus ojos, los secretos que parecía esconder. Sí, parecía un poco triste, pero también decidida, resuelta y tan fría y dura como el diamante que llevaba al cuello, el que él había levantado para besar su piel...

Recordar eso hizo que el deseo volviera con una furia inesperada.

—No sabía que os conocierais.

Leo sonrió.

—Padre pensó durante un tiempo en una alianza entre los dos.

—¿Te refieres al matrimonio? –Sandro miró a su hermano, sorprendido. ¿Pero por qué le sorprendía? Leo había sido el futuro rey de Maldinia y Liana había demostrado cuánto deseaba ser reina.

—¿Y qué pasó?

—Alyse –respondió Leo.

Ah, por supuesto. Sandro había visto la famosa fotografía, tomada seis años antes. Leo tenía entonces veinticuatro, Alyse dieciocho. Un simple beso había dado la vuelta al mundo y cambiado sus vidas para siempre. Y para mejor, afortunadamente.

–Aunque, si quieres que sea sincero, no creo que Liana estuviera interesada en casarse conmigo. Lo hacía por obligación, o tal vez por sus padres, que querían ese matrimonio.

–Me alegro por ti, ya lo sabes –dijo Sandro–. Por ti y por Alyse.

–Lo sé.

Notó cierta frialdad en el tono de su hermano y lo entendía. No habían hablado en quince años, no se habían visto ni habían estado en contacto. Aunque durante la infancia eran una piña, dos chicos que solo se tenían el uno al otro.

Sabía que tenía que decir algo. El silencio y la separación que habían soportado durante tanto tiempo había sido culpa suya. Él era el hermano mayor, el que se había marchado. Sin embargo, tenía un nudo en la garganta. No podía pronunciar las palabras, no sabía cómo.

Eso era lo que pasaba cuando uno crecía en una familia que nunca había mostrado afecto, cariño o cualquier otra emoción, que no sabías ser tú mismo por mucho que lo desearas... y que temieras lo que deseabas.

Y, sin embargo, Leo había encontrado el amor y era feliz con Alyse.

¿Por qué, se preguntó Sandro, frustrado, no podía él tener lo mismo?

Al sentir un peso en el corazón supo la respuesta.

Porque era el rey y tenía un deber que estaba por encima de todo lo demás.

Capítulo 4

LIANA se miraba al espejo en una de las suites del palacio, una diferente a la que había ocupado seis semanas antes, pero igualmente suntuosa. Entonces había ido a Maldinia para discutir su posible matrimonio con Sandro, en aquella ocasión estaba allí para casarse.

–Estás demasiado delgada –escuchó la voz de su madre, Gabriella, que acababa de entrar en la habitación.

–He perdido algo de peso en las últimas semanas –dijo Liana, con instintivo tono de disculpa. Con sus padres, todo era siempre una disculpa, una forma de pedir perdón una y otra vez. Sin embargo, sus padres no parecían darse cuenta.

Desde luego, nunca hablaban de ello.

–Supongo que todo esto ha sido un poco estresante –dijo Gabriella, colocándole el velo sobre los hombros y alisando la tela del sencillo vestido blanco de satén.

Su boda con Sandro sería un evento discreto en la capilla privada del palacio, con muy pocos invitados. Después de la boda de cuento de hadas de Leo y Alyse y el desastre posterior, necesitaban algo discreto y digno.

Se preguntó entonces qué pensaría Sandro. No lo había visto desde que llegó a Maldinia, dos días antes, salvo en una cena oficial en la que había sido presentada a miembros de la diplomacia y altos dignatarios. Había charlado con todo el mundo, había hecho una reverencia a la reina madre, que la miraba con frialdad, y había conocido a la hermana de Sandro, Alexa, a Leo y su esposa, Alyse.

Todos, salvo la reina, habían sido amables con ella, pero el silencio de Sandro la sorprendió. Se le había ocurrido entonces que aquel hombre iba a ser su marido. Viviría con él para siempre, tendría hijos con él, estaría a su lado en las funciones oficiales. Era una estupidez por su parte pensarlo cuando estaba a punto de casarse, pero de repente le parecía una decisión temeraria. ¿De verdad iba a casarse para complacer a sus padres, para compensarlos de algún modo por un error del pasado?

Era lógico que Sandro se hubiese mostrado incrédulo. Y era demasiado tarde para cambiar de opinión.

Gabriella puso las manos sobre sus hombros, mirándola a los ojos.

–No quieres casarte, ¿verdad?

Liana abrió la boca para decir que sí porque sabía que era lo que su madre deseaba.

–Puede que te parezca anticuado –siguió ella– pedirte que te cases con un hombre al que apenas conoces.

Lo era, desde luego, pero no iba a rebelarse. No iba a desear nada más.

¿Para qué? Sus padres querían ese matrimonio y ya era demasiado tarde. En cualquier caso, ella no quería un matrimonio de verdad.

Ni un futuro marido que parecía detestarla.

¿Y no era eso culpa suya por decir que no lo respetaba? Había querido distanciarse por orgullo herido, por miedo, pero tal vez era mejor que Sandro la odiase. Tal vez la antipatía era la mejor solución.

–Solo quiero que seas feliz –dijo Gabriella–. Y tu padre también.

¿Y creían que casarse con un desconocido la haría feliz?

No, pensó Liana, cansada. Sus padres no querían que fuese feliz, querían pensar que la habían «casado bien». Querían olvidarla porque ella sabía que cada vez que la miraban pensaban en Chiara. En la muerte de Chiara.

Como ella.

Si se casaba con Sandro, no tendría que ver a sus padres tan a menudo y así sería más fácil olvidar.

Mejor para todos, en realidad.

Liana respiró profundamente, intentando esbozar una sonrisa.

–Estoy contenta, madre. O lo estaré.

Gabriella asintió con la cabeza, sin cuestionar esa afirmación.

–Muy bien –murmuró, dándole un beso en la mejilla.

Unos minutos después, salió de la habitación para ir a la capilla, dejando a Liana sola en la habitación. La tradición del país dictaba que la novia entrase sola y el novio estuviera de espaldas frente al altar hasta que llegase a su lado.

Una tradición estúpida, probablemente para someter a las novias, pensó, haciendo una mueca. ¿La asustaría a ella? ¿Cuál sería la expresión de Sandro cuando se volviese para mirarla? ¿Disgusto, desprecio, odio? ¿Deseo?

Liana sabía que no debería importarle, pero así era.

Desde que conoció a Sandro había empezado a sentir y eso la alarmaba más que ninguna otra cosa.

Liana cerró los ojos. Los nervios se le habían agarrado al estómago y sentía que estaba a punto de vomitar. ¿Por qué aquel hombre había despertado algo dentro de ella que creía no solo dormido sino muerto? ¿Qué lo había resucitado?

Ella quería volver al vacío en el que había vivido desde que tenía ocho años. Ocho años, temblando, mirando la dolida expresión de sus padres mientras les contaba la verdad.

«Yo estaba allí. Fue culpa mía».

Y ellos, con su silencio, le habían dado la razón. Por supuesto que sí porque era cierto. La muerte de Chiara había sido culpa suya y esa era una verdad de la que nunca podría escapar.

Aquel matrimonio era una especie de penitencia y no debería hacerla sentir, desear.

Sin embargo, sentía algo por Sandro; algo inexorable que movía las placas teutónicas de su alma. Desde que lo conoció había empezado a sentir más, a querer más. Y le daba miedo.

—¿Lady Liana? Es la hora.

Liana siguió a Paula, la secretaria de palacio, hasta la pequeña capilla donde tendría lugar la ceremonia.

—Será una ceremonia muy breve. Sin cámaras ni periodistas, como antes.

Antes de que la farsa de Alyse y Leo les hubiera explotado en la cara, cuando se descubrió que su historia de amor era una mentira. En aquella ocasión no habría ninguna farsa y, sin embargo, Liana seguía sintiendo como si todo estuviera a punto de estallar a su alrededor. Como si ya hubiera estallado.

Paula sonrió.

—Está muy guapa, pero no olvide sonreír —le dijo, antes de dejarla sola frente a la puerta de la capilla.

Llevando oxígeno a sus pulmones, Liana irguió los hombros y levantó la barbilla. Estaba haciendo aquello por buenas razones: para que su vida valiese la pena, por su hermana.

Durante un segundo se permitió pensar en Chiara, en sus ojitos, en su traviesa sonrisa.

«Lo hago por ti», pensó. Unas lágrimas que no había derramado en veinte años asomaron a sus ojos, pero parpadeó furiosamente para controlarlas.

—¿Lady Liana?

Alyse Barras, la esposa de Leo, se acercaba con una calida sonrisa en los labios. Llevaba un discreto vestido de seda rosa con abrigo y sombrero a juego y unos guantes de seda hasta el codo. Tenía un aspecto elegante, aristocrático.

Se habían conocido brevemente en la cena de la noche anterior, pero apenas habían conversado.

—Siento que no hayamos tenido oportunidad de hablar —dijo Alyse, apretando su mano—. Solo quería decirle que sé lo que siente. Recorrer sola ese pasillo puede dar mucho miedo.

—Gracias —Liana sabía que su voz sonaba fría, pero era su única defensa para no perder los nervios del todo—. Seguro que podré hacerlo.

—Claro que sí. Y espero que tengamos la oportunidad de conocernos mejor ahora que vamos a ser de la familia. Para bien o para mal.

En aquel momento para mal, pensó Liana, demasiado angustiada como para responder.

—Gracias —consiguió decir—. Ahora debo entrar.

—Sí, claro —Alyse dio un paso atrás—. Por supuesto.

Dos criados de librea abrieron las antiguas puertas de madera y, con la cabeza erguida, Liana dio un paso hacia el futuro.

La capilla estaba silenciosa y sombría como si fuera a celebrarse un funeral en lugar de una boda, con un puñado de invitados a los que no conocía. Liana sintió que sus ojos volvían a llenarse de lágrimas, pero hizo un esfuerzo para contener la emoción.

Aquello era lo que debía hacer, lo único que podía hacer.

Era su deber hacia sus padres, hacia la memoria de su hermana.

Estaba haciéndolo por ellos, no por ella misma.

«Por Chiara».

Repitió esas palabras en su cabeza como un mantra desesperado. Era su deber, su penitencia, su absolución. No tenía alternativa.

Sandro oyó que se abrían las puertas de la capilla y tuvo que luchar contra el deseo de girar la cabeza. La tradición de la familia real de Maldinia era que el novio mirase de frente hasta que la novia llegase al altar...

Pero no pudo evitar volverse para mirarla, al demonio las tradiciones. Quería ver a la mujer a la que iba a prometer amar, honrar y cuidar para siempre. Durante las últimas seis semanas había intentado no pensar en ella, en su orgullosa expresión la última vez que se vieron, cuando dijo que no lo respetaba.

¿Cómo iba a sorprenderle tal afirmación? ¿Cómo iba a dolerle si estaba diciendo la verdad?

Mientras se acercaba a él, elegante y fría, con la barbilla levantada y los ojos violeta brillantes, sintió que sus esperanzas se hundían del todo.

Era la misma mujer que recordaba: compuesta, fría, desdeñosa. Y en tres minutos iba a convertirse en su esposa.

Sandro se volvió, con el corazón pesado, cuando el arzobispo dio comienzo a la ceremonia.

Una hora después, ya como marido y mujer, circulaban entre los invitados sin dirigirse la palabra, aunque había rozado sus labios en un frío beso cuando terminó la ceremonia.

Liana parecía interpretar el papel de reina a la perfección. Sonreía y charlaba con reservada dignidad, era amistosa sin ser afectuosa o cálida.

No era nada de lo que él quería, pero tenían que vivir juntos y estaba decidido a olvidar sus sueños, de modo que se movía entre los invitados con Liana a su lado. Parecía intocable y totalmente indiferente, pero ciertas partes de su cuerpo despertaban a la vida al pensar que una hora después se retirarían a su habitación en la torre, la tradicional suite nupcial.

No habría luna de miel para ellos. No tendría sentido y dudaba que Liana estuviera interesada, pero esa noche... esa noche consumarían su matrimonio y esa idea lo llenaba de deseo y desagrado, ansia y desprecio.

La deseaba, pero no quería desearla porque ella no lo respetaba. Y Liana había dejado claro que no quería saber nada de él.

Sandro tomó un trago de champán, pero le dejó un amargo sabor en la boca.

Liana intentaba disimular la tensión mientras escuchaba a un dignatario que hablaba de la industria de Maldinia y de las mejoras tecnológicas que había implantado el príncipe Leo.

Pero realmente estaba concentrada en el hombre que iba a su lado, su marido. Había visto un brillo helado en sus ojos cuando se volvió hacia ella en la capilla y en el momento de pronunciar sus votos sintió miedo. Había querido salir corriendo, alejarse de todo. De la ansiedad y la esperanza en los ojos de sus padres, del hielo en los del novio. Y del miedo y el sentimiento de culpa de los que no podría escapar nunca, por mucho que corriese.

De modo que se quedó y pronunció los votos que la unirían a aquel hombre durante toda la vida. Prometió amarlo, honrarlo y respetarlo, los votos tradicionales, sabiendo que era mentira.

Ella no amaba a aquel hombre, no lo respetaba.

Sandro puso una mano en su brazo y, a pesar de su intención de no sentir nada, el simple roce envió un escalofrío por su espalda. Odiaba que la afectase de tal modo. Odiaba ser tan débil y desear cosas que él no podría darle.

—Nos despediremos en unos minutos —dijo Sandro en voz baja.

—¿Despedirnos? Pero no vamos a ningún sitio.

Él esbozó una sonrisa irónica, sus ojos fríos como el metal.

—Vamos a la suite nupcial, Liana. A la cama.

Ella se apartó, angustiada. Su noche de boda. Tendrían que consumar el matrimonio. Era su deber, aunque no había querido pensar en ello. Sin embargo, aunque se le encogió el estómago, debía reconocer que también sentía cierta... fascinación. El deseo y el miedo mezclándose. Y odiaba la tormenta de sensaciones que aquel hombre despertaba en ella.

—No iras a robárnosla tan pronto, ¿verdad? —protestó Alyse—. No he tenido oportunidad de charlar con Liana.

—Tendrás muchas oportunidades de hablar con ella

en el futuro –respondió Sandro–. Por ahora, quiero a mi esposa para mí solo –sonreía al decirlo, pero a Liana le pareció la sonrisa de un predador a punto de devorar a su presa.

Y así sería la intimidad con Sandro, como ser devorada, como perderse a sí misma y todo aquello a lo que se aferraba.

–Me gustaría mucho charlar contigo –estaba diciendo Alyse.

–A mí también –murmuró Liana, intentando mostrarse alegre–. Parecéis tan felices –añadió, mirando a Leo.

–Y tú también lo serás –dijo él– cuando mi hermano se acostumbre a la idea de estar casado.

Liana vio que apretaba suavemente la mano de su mujer y algo en ese gesto hizo que se le encogiese el corazón. ¿Cuándo la habían tocado a ella así?

Habían pasado años, décadas. Le había resultado tan difícil dar y recibir afecto tras la muerte de Chiara...

Durante un segundo, casi pudo sentir los bracitos de su hermana alrededor de su cuello, su sedoso pelo, su cálido aliento mientras le susurraba algo al oído. Chiara siempre tenía secretos y se los contaba al oído, riendo luego alegremente, abrazándola.

Liana tragó saliva. No podía pensar en su hermana en ese momento y no quería pensar en el anhelo que había nacido en ella, en el abrumador deseo de dar y recibir cariño, amar y ser amada.

Nada de eso sería posible con aquel hombre, su marido.

Aquella era su noche de boda, pero no había amor entre ellos. Y debería alegrarse.

El amor te abría al dolor, pero no tenía que preocuparse por eso porque Sandro y ella solo iban a tener relaciones sexuales, sin emoción alguna, sin verdadera intimidad.

Su madre la abrazó, susurrándole al oído que esperaba que fuese feliz y Liana murmuró algo, no recordaba qué. Su padre no la abrazó, nunca lo hacía desde que Chiara murió. Y lo entendía.

Un cuarto de hora después salía del salón con Sandro. Ninguno de los dos dijo nada mientras recorrían los interminables pasillos del palacio, subían por una escalera y por fin llegaban a la habitación en la torre reservada para los recién casados.

Sandro abrió la puerta y le hizo un gesto para que entrase.

Al ver la enorme cama con dosel, Liana tragó saliva mientras se acercaba a la ventana para respirar un poco de aire fresco. El sol se había puesto tras los Alpes, las cumbres nevadas rozando el cielo de color violeta. Todo era increíblemente precioso y, sin embargo, remoto, helado. Tan helado y remoto como se sentía ella; asustada de la intimidad, de lo que estaba a punto de pasar entre ellos.

–¿Quieres cambiarte? –le preguntó Sandro, con un tono sorprendentemente amable.

–No he traído nada para cambiarme.

–Hay un camisón sobre la cama.

Liana se volvió hacia la cama, sobre la que había un camisón de encaje y seda. Parecía muy revelador, ridículamente romántico.

–No creo que tenga ningún sentido ponérmelo.

Él soltó una carcajada.

–Ya me lo imaginaba.

–No tiene sentido fingir, ¿no?

–¿Sería eso, un fingimiento? –preguntó él, apoyándose en la puerta.

Mientras ella estaba mirando por la ventana, se había quitado la chaqueta y la corbata. Tenía el pelo un poco alborotado, los ojos cansados y barba incipiente, el vello de su torso asomando por el botón desabrochado de la camisa. Parecía disoluto, peligroso y... sexy.

Esa palabra apareció en su cabeza de repente. Pero ella no quería aquella irresistible atracción, no quería sentir nada porque temía ahogarse en unos sentimientos que había suprimido durante años.

–No fingías la ultima vez que te besé –dijo Sandro entonces.

Y a Liana le pareció un desafío.

–Ya veo que estás muy orgulloso de ello.

–¿Por qué te resistes? Estamos casados y debemos consumar el matrimonio. ¿Por qué no dejamos que al menos este aspecto de nuestra unión sea placentero?

–Nada mas lo será, ¿no?

Sandro se encogió de hombros.

–Los dos hemos admitido eso.

Sí, era cierto, de modo que no había razón para sentirse insultada o dolida.

No sabía qué emoción brillaba en sus ojos, ¿compasión? ¿Deseo? Ella no quería nada de eso, aunque su cuerpo lo anhelase.

Sandro deslizó una mano por su brazo, como si estuviera tocando una estatua. Y Liana se sentía como una estatua, sin vida, inmóvil, aunque su sangre se había encendido y su corazón había dado un vuelco.

–¿Por qué no te das un baño? –sugirió él–. Relájate un rato. Si no quieres ponerte el camisón, en el baño hay albornoces que te taparán de la cabeza a los pies.

Por el rabillo del ojo, Liana vio que se quitaba la

camisa. La luz de la chimenea hacía brillar su bronceada piel y sus esculpidos hombros...

Con las piernas temblorosas, se dirigió al baño y cerró la puerta. Con cerrojo. Y dejó escapar un suspiro que terminó siendo un sollozo.

Capítulo 5

SANDRO se echó hacia atrás en el sillón, mirando las llamas con expresión seria, el resentimiento mezclándose con el sentimiento de culpa mientras oía a Liana moviéndose en el baño, abriendo grifos, quitándose la ropa.

¿Sería capaz de quitarse sola el vestido? Sabía que no le pediría ayuda.

Desde que entraron en la habitación, preparada para una noche de sensualidad, Liana se había mostrado más fría que nunca. Le enfurecía esa frialdad, como si no pudiera soportar estar a su lado, y quería que lo supiera, pero también sentía una punzada de compasión. Era virgen y, aunque no quisiera admitirlo, tenía que estar un poco nerviosa. Y él debía ser comprensivo.

El deseo que sentía por ella lo quemaba, pero era algo físico. La idea de hacer el amor con su mujer no lo emocionaba. Porque no habría amor. No debería anhelarlo siquiera sabiendo qué clase de mujer era Liana.

No se hacía ilusiones sobre su noche de boda. Se tumbaría, rígida, en la suntuosa cama, cerraría los ojos y cumpliría con su deber marital. Y pensar eso era suficiente para convertir su deseo en cenizas.

Sandro se dio cuenta entonces de que los ruidos en el baño habían cesado y, convencido de que no sería capaz de quitarse el vestido, se levantó del sillón y llamó a la puerta.

—¿Necesitas ayuda para quitarte el vestido?

Silencio.

Sandro sonrió, imaginando cuánto le costaría admitir que lo necesitaba.

—Si quieres que te ayude a bajar la cremallera, cerraré los ojos —la animó.

—No es la cremallera —respondió ella por fin—. Son los cien mil botones.

Sandro imaginó todos esos botones recorriendo su elegante espina dorsal, imaginó sus dedos desabrochándolos uno a uno para revelar una piel de porcelana... y el deseo volvió a la vida una vez más.

—Entonces, necesitas ayuda.

Tras un segundo de pausa, oyó que descorría el cerrojo y la puerta se abrió.

Sin decir nada, Liana salió del baño y se dio la vuelta, con la espalda rígida. Y, también sin decir nada, Sandro empezó a desabrocharlos. Eran diminutos y no resultaba fácil, pero mientras iba descubriendo la suave piel desnuda de su espalda la rozó con los dedos y Liana dio un respingo. Si reaccionaba así por deseo o por disgusto era algo que no sabía. Tal vez ambas cosas, ya que estaba tan desconcertada como él. Y eso hizo que sintiera cierta simpatía.

—Si quieres, puedo esperar.

—¿Esperar? —la voz de Liana era apenas un susurro.

—Para consumar nuestro matrimonio.

—¿Hasta cuándo?

—Hasta que estemos cómodos el uno con el otro.

Ella dejó escapar una risa amarga.

—¿Y cuándo será eso, Majestad? No, prefiero terminar con esto lo antes posible.

Qué frase tan enternecedora, pensó Sandro, irónico.

–Tienes razón, será mejor que acabemos con esto
de una vez.

Terminó con los botones en silencio. Mientras
Liana sujetaba el vestido por delante, Sandro podía ver
la curva de su trasero bajo unas medias transparentes...

Pero enseguida cerró la puerta del baño y, de nuevo,
volvió a echar el cerrojo.

Liana se quedó en la bañera hasta que el agua se
enfrió y la reacción de su cuerpo ante el roce de las
manos de Sandro empezó a desaparecer... aunque no
del todo.

Ningún hombre la había tocado de esa forma tan
íntima. Para un hombre como Sandro, sensual, apasionado, que seguramente habría tenido docenas de
amantes, eso debía de ser patético.

Y lo era. Había recibido tan poco afecto en su vida
que incluso un simple roce de sus dedos hacía que
todo en ella despertase.

Era algo tan íntimo, tan tierno, un asalto mucho
más suave que aquel beso seis semanas antes y, sin
embargo, tan increíblemente poderoso que despertaba
en ella un ansia mucho mayor.

El agua estaba fría y, con desgana, Liana salió de
la bañera y se envolvió en un albornoz... que Sandro le
quitaría en unos segundos, estaba segura.

Se tomó su tiempo para secarse el pelo, mirando
su pálido rostro en el espejo y pellizcándose las mejillas para darles un poco de color. Pero no había más
excusas para seguir en el cuarto de baño y, respirando
profundamente, abrió la puerta.

Sandro estaba frente a la ventana, con un pantalón de pijama negro de seda, un hombro apoyado en la pared, las llamas de la chimenea iluminando su poderosa y bronceada espalda, las delgadas caderas, el pelo tan oscuro como la tinta.

Tenía un aspecto peligroso, casi aterrador. Su presencia parecía robar todo el oxígeno de la habitación.

Liana irguió la espalda.

—Estoy lista.

—¿Lo estás? —murmuró él, irónico, volviéndose para mirarla de arriba abajo—. Pareces asustada.

—No puedo decir que esté deseando esto, pero cumpliré con mi deber.

Sandro suspiró.

—Pensé que dirías algo así.

—Entonces, tal vez estás empezando a conocerme.

—Desgraciadamente, creo que así es.

Liana lo miró, asombrada, y él sacudió la cabeza.

—Lo siento, no debería haber dicho eso.

—Pero lo piensas.

—Porque me gustaría que las cosas fueran diferentes.

Que ella fuese diferente, pensó Liana. Bueno, también ella deseaba a veces ser de otra manera. Y que estar cerca de alguien, ser vulnerable, tener una relación íntima no le diese tanto miedo.

¿Sería eso lo que Sandro quería también? Una parte de ella desearía que fuera así, pero no sabía cómo superar el miedo.

—Bueno, en fin... —murmuró, sin saber qué decir o hacer.

—¿Crees que voy a lanzarme sobre ti? ¿Que voy a desflorarte como un antiguo barón a una doncella?

–Espero que sea con más fineza.

–Gracias por el voto de confianza –Sandro se acercó a ella. Su mirada hacía que se sintiera expuesta, aunque el albornoz la cubría de la cabeza a los pies.

–Estás tensa como un arco –murmuró, pasando una mano por su espalda–. ¿Por qué no te relajas un poco?

Liana apretó el cinturón del albornoz. Relajarse era imposible.

–¿Y cómo voy a hacer eso cuando sé...? –no terminó la frase porque no quería admitir nada.

Sandro arqueó una oscura ceja.

–¿Cuando sabes qué?

–Que no te gusto –logró decir ella, sofocada–. Que no me respetas y no te intereso para nada.

Sandro la miraba como buscando algo que no parecía encontrar, hasta que por fin suspiró.

–Y tú sientes lo mismo.

–Yo... –Liana no terminó la frase. Debería confesar que solo había dicho que no lo respetaba para hacerle daño, para esconderse porque odiaba sentirse tan vulnerable. Sin embargo, las palabras no salieron de su garganta.

–Creo que será mejor olvidar nuestros sentimientos personales –dijo Sandro–. La última vez que estuvimos juntos te besé y te gustó el beso tanto como a mí. A pesar de lo diferentes que seamos y lo poco que nos respetemos el uno al otro, nos sentimos atraídos físicamente –añadió, poniendo las manos sobre sus hombros–. Puede que te repugne sentirte atraída por alguien a quien no respetas, pero este es el único punto de unión entre nosotros.

Después de decir eso, inclinó la cabeza para buscar sus labios. El primer roce fue como un vaso de agua fresca en mitad del desierto... y su vida había sido un desierto de soledad y anhelo.

Liana abrió la boca instintivamente, poniendo las manos sobre sus hombros porque necesitaba el contacto, el consuelo, su proximidad. Lo necesitaba a él.

Sandro se apartó un poco, casi sorprendido por la reacción, pero enseguida volvió a besarla, su lengua entrando en la boca de Liana suavemente, explorándola con una intimidad que le parecía extraña, insoportablemente dulce.

Liana suspiró, disfrutando del beso. Se sentía amada... aceptada, como no se había sentido aceptada desde que perdió a Chiara, desde que la dejó ir.

No sabía cuánto necesitaba aquel contacto humano, el recordatorio de que era real, que estaba viva, que necesitaba emociones, que tenía deseos. Era mucho más de lo que se había permitido a sí misma en todos esos años.

Y entonces él se apartó, sonriendo.

—Bueno...

Liana creyó percibir una nota de satisfacción, o tal vez de triunfo y se apartó, sintiéndose humillada.

Por supuesto que no la aceptaba, no le gustaba, no la respetaba. Ni siquiera la conocía y ella no quería que la conociese. Entonces, ¿cómo podía responder a sus besos? ¿Cómo podía anhelar la intimidad que odiaba y temía al mismo tiempo?

No sentir nada era mucho más fácil, más cómodo. Había vivido en un vacío todos esos años, pero al menos era seguro.

—¿Qué ocurre? —preguntó él.

—Yo no...

—¿No quieres desearme?

Liana no respondió.

«Respira, no llores».

–Pero me deseas –siguió Sandro–. Lo sé aunque intentes negarlo. Lo siento cuando tus labios se abren para los míos, cuando tu cuerpo responde –añadió, buscando con el pulgar el revelador pezón bajo el albornoz–. ¿Lo ves?

–Lo sé –asintió ella–. No lo niego.

–No lo niegas, pero te resistes con todas las fibras de tu ser. ¿Por qué, Liana? Tú aceptaste este matrimonio. ¿Por qué no puedes encontrarlo placentero al menos?

–Porque...

Porque no era lo bastante fuerte. Porque una oleada de emoción la había abrumado. Si seguía, no sería capaz de contenerse y eso la destruiría. Lo sabía por instinto, sabía que, si se dejaba llevar, nunca volvería a ser la misma.

Y aun así, sabía que debía dejar de luchar, de resistirse porque no serviría de nada. Estaba casada con aquel hombre y debían consumar el matrimonio, pero no había esperado sentir tanto.

–Liana –dijo Sandro, con tono cansado.

–Lo siento. Intentaré hacerlo mejor.

Él enarcó una ceja.

–No tienes que demostrar nada.

Pero ella había intentado demostrarles algo a sus padres, a todo el mundo, durante tanto tiempo que no sabía hacer otra cosa. No sabía cómo ser ella misma, tal vez no sabía quién era.

Liana respiró profundamente.

–Vamos a... empezar de nuevo –murmuró, haciendo un esfuerzo para mirarlo, incluso para sonreír con labios temblorosos.

¿Cuándo se había vuelto tan frágil? ¿Por qué aquel

hombre despertaba tantos sentimientos en ella? Quería ser fuerte, quería sentirse segura.

Quería terminar con aquel encuentro de una vez.

–¿Empezar de nuevo? Me pregunto hasta dónde debemos dar marcha atrás.

Liana sonrió de nuevo, un poco más decidida. Cuanto antes terminasen con aquello, antes volvería a la seguridad de su vida.

–Quiero hacerlo.

Intentando controlar el temblor de sus manos, desató el cinturón del albornoz y quedó desnuda frente a él, ruborizándose bajo la ardiente mirada de Sandro. Ya no podía esconderse y, sin embargo, hizo un esfuerzo para permanecer de pie, con la espalda recta, orgullosa, pero aceptando la realidad.

Él sacudió la cabeza y su corazón dio un vuelco.

–Esto no es lo que yo quiero. Solo estás apretando los dientes y soportando lo que te espera.

–No... –Liana quería terminar con aquello lo antes posible, cruzar los brazos sobre el pecho y esconderse de su mirada.

Sandro la besó, sus labios duros y exigentes. Sabía tan dulce y era tan suave, tan dócil... demasiado.

Liana estaba sometiéndose, pero era una sumisión insultante. Quería que lo desease, que reconociese el deseo que sentía por él. ¿No podía darle eso al menos?

Con manos temblorosas, casi bruscamente, se apartó y sacudió la cabeza.

–No, así no.

–¿Por qué no? –preguntó ella, con un brillo de pánico en los ojos.

Aquella no era la comprensible reticencia de una virgen o la orgullosa resignación de una princesa de hielo. Aquello era, se dio cuenta entonces, puro miedo.

–Liana... –Sandro la tomó por los hombros–. ¿Has tenido una mala experiencia con un hombre? ¿Es por eso por lo que te da miedo la intimidad?

–No tengo miedo –respondió ella, apartándose para ponerse el albornoz.

–Pues esa es la impresión que da.

Le había ocurrido algo, estaba seguro. De repente, todo tenía sentido: su extrema devoción a aquel proyecto benéfico, su falta de relaciones, su miedo al deseo.

–¿Abusaron de ti?

Liana se volvió para mirarlo, con expresión incrédula.

–¡No!

–¿Entonces? La mayoría de las mujeres encuentran natural desear a un hombre que ha admitido desearlas. ¿Por qué tú no?

–Porque... –ella se pasó la lengua por los labios–. Porque no lo esperaba.

–¿No esperabas encontrar placentero el lado físico de nuestro matrimonio? ¿Por qué?

–Nada en este matrimonio sugiere que vaya a ser placentero.

–¿El beso que compartimos hace seis semanas no te dio una pista? –le preguntó Sandro, esbozando una sonrisa.

–Quería decir antes de eso.

–Muy bien, no lo esperabas, pero ha ocurrido y tú sigues rebelándote. ¿Por qué?

Liana clavó en él sus ojos de color violeta.

–Acepté esta unión porque era un matrimonio de conveniencia y yo no quería nada más. No quería amor, afecto. Pensé que eso era lo que tú querías también y por el momento... nada ha sido como yo esperaba.

Sandro no sabía si reír o lanzar un rugido.

–Pero sigues sin decirme por qué no quieres amor y afecto.

Había pensado que era fría, pero empezaba a sospechar que no era frialdad, sino miedo.

Liana se mordió los labios y él sintió el deseo de abrazarla, de besar sus ojos para que no derramase las lágrimas que brillaban en ellos. Aunque sabía que no lo haría.

–Sencillamente, no quiero nada de eso.

–Esa no es una respuesta.

–Es la única que puedo darte.

–Entonces, no quieres decírmelo.

–¿Por qué iba a hacerlo? Apenas nos conocemos. Sé que no...

–¿Que no me gustas? –la interrumpió Sandro–. Puede que eso fuese verdad al principio, ¿pero cómo vas a gustarme, cómo voy a conocerte si te escondes de mí? Por eso interpretas el papel de princesa de hielo, ¿no? Para esconderte.

Nunca había estado más seguro de nada. Su frialdad era una careta y estaba más decidido que nunca a hacer que se la quitase.

–Esto es ridículo –Liana se mordió los labios–. No sé por qué no puedes tirarme en la cama y hacer lo que tienes que hacer.

Incrédulo, Sandro soltó una carcajada. Aparentemente, su flamante esposa era aficionada a las novelas románticas.

–¿Preferirías que lo hiciera?

–Así es como tendría que ser –respondió ella, su tono cargado de frustración.

Sandro estaba empezando a ver a la mujer que había bajo la máscara de hielo: una mujer llena de secretos y un sorprendente sentido del humor. Una mujer con la que podría vivir, incluso a la que podría amar.

A menos, claro, que estuviese imaginando cosas. A menos que estuviese engañándose a sí mismo como había hecho con Teresa y con su padre, creyendo lo mejor de los demás porque deseaba amar y ser amado.

—No voy a tirarte en la cama, Liana. Cuando nos acostemos juntos, y no va a ser esta noche, será un placer para los dos.

—¿Por qué no?

—Porque para eso hace falta espontaneidad y ahora mismo no puedes ser espontánea. Pero dormiré contigo en esa cama. Me tumbaré a tu lado y te abrazaré. Creo que eso será suficiente por esta noche —Sandro vio cómo abría los ojos, alarmada—. Más que suficiente —añadió, tirando del cinturón del albornoz para atraerla hacia él.

—¿Qué estás haciendo?

—No puedes dormir con este albornoz, pero, si quieres ponerte el camisón, adelante.

De espaldas a él, Liana se quitó el albornoz y se puso el camisón. El encaje se pegaba a su cuerpo y Sandro deseó tocarla de nuevo...

—¿Ahora qué? —le espetó ella, cruzando los brazos sobre el pecho.

—Ahora, a la cama —respondió Sandro tomándola del brazo. Liana no se resistió y, sin embargo, seguía tensa como un palo.

Acarició su pelo, sus hombros, sus caderas, alejándose de los sitios que quería acariciar, sus pechos, entre sus piernas.

Si quería que se relajase, no estaba funcionando. Liana temblaba ante el menor roce, pero era un temblor de tensión, no de deseo. Y, de nuevo, se preguntó por qué era así.

Quería descubrirlo. Aunque estaba seguro de que sería un largo proceso.

La deseaba de una forma inesperada. Él no había querido aquel matrimonio porque pensó que Liana era como otras mujeres que había conocido. Como su madre, como Teresa.

Pero sospechaba, sabía en realidad, que ella no era así. Había demasiado miedo y vulnerabilidad en esos ojos de color violeta. Liana tenía miedo y quería saber por qué.

Quería saber cuáles eran sus miedos y ayudarla a superarlos. Quería, se dio cuenta entonces, derretir a su helada esposa.

Capítulo 6

EL SOL entrando por la ventana despertó a Liana a la mañana siguiente. Había tardado horas en dormirse, horas de tensión, de miedo, porque aquello no era lo que había esperado de su matrimonio. Ni lo que había querido.

Sin embargo, con cada caricia de Sandro aumentaba el deseo de apretarse contra él, olvidarse de todo, dejarse ir.

Y, sin embargo, se había resistido. Había luchado contra ello porque el miedo era algo poderoso. Recordaba la conversación, las preguntas de Sandro...

Creía que alguien había abusado de ella, pero no era eso, aunque sí escondía algo. Demasiadas cosas: el sentimiento de culpa, el dolor, el vacío. Todo porque en un momento, cuando era más importante, no fue capaz de actuar. Y entonces supo qué clase de persona era.

Sandro había visto eso, aunque no entendiese el origen, y ella no podía contárselo.

¿O sí? ¿Podría cambiar tanto? No sabría cómo empezar.

Había empezado a relajarse con el roce de sus dedos hasta que, por fin, se quedó dormida. No se apretó contra él, no apoyó la cara en su torso, pero se quedó dormida.

Y despertó con la mano de Sandro en su cintura.

No había nada sexual en ese roce, pero le pareció increíblemente íntimo. Le gustaría que moviese la mano... más arriba, más abajo, daba igual mientras la tocase.

Pero en cuanto él se movió, volvió a ponerse tensa. Sandro se apoyó en un codo para apartar el pelo de su cara mientras ella observaba sus anchos hombros, los perfectos pectorales, sus bíceps. Su marido era un hombre muy hermoso y estaba en forma.

—Buenos días.

Liana asintió, incapaz de deshacer el nudo que tenía en la garganta.

—¿Has dormido bien?

Cuando le hablaba así, con ese tono afectuoso, hacía que sus esperanzas renaciesen. ¿Esperanzas de qué? No estaba segura.

—Sí —respondió, apartándose un poco.

—Yo he dormido muy bien —Sandro apartó otro mechón de pelo de su cara y ella tuvo que hacer un esfuerzo para no apoyarla en su mano.

—¿Qué vamos a hacer hoy?

—Tenemos un par de compromisos.

—¿Qué compromisos?

—Para empezar, almorzar con mi encantadora madre, mis hermanos y mi cuñada. Y luego una aparición en el balcón del palacio para la multitud enfervorecida.

Hablaba con un cinismo que Liana no entendía.

—No te gusta ser el rey, ¿verdad?

—¿No sabes que abandoné mis obligaciones durante quince años?

Sus miradas se encontraron, pero en lugar de recriminación en los ojos de Sandro vio un brillo de comprensión.

—No debería haber dicho eso, lo siento.

–Vaya, creo que es la primera vez que te disculpas.

–Lo siento –repitió Liana–. Intentaba hacerte daño y dije lo primero que se me ocurrió.

–Pero es verdad –reconoció él, con tono amargo–. Me olvidé de mis obligaciones, escapé de aquí.

Y ella sabía demasiado bien lo culpable que podía sentirse una persona por un error, por una decisión equivocada. Te comía por dentro hasta que no quedaba nada, hasta que el único recurso era apartarte de todo porque olvidar era mejor que sufrir. ¿Era eso lo que sentía Sandro? ¿Tendrían algo en común después de todo?

–Pero has vuelto –le dijo–. Has hecho lo que debías.

–Eso intento –Sandro saltó de la cama–. Bueno, vamos a arreglarnos. Tenemos un largo día por delante.

Estaba apartándose de ella, Liana se daba cuenta. Habían tenido un momento de sorprendente intimidad que la había intrigado y asustado al mismo tiempo. Pero, de repente, Sandro se apartaba y sentía una frustración que le era extraña porque normalmente era ella quien se apartaba. Quien se escondía.

Tal vez era por eso por lo que Sandro estaba tan frustrado. Era horrible percibir la reticencia de alguien, especialmente cuando uno quería algo más.

–¿Cómo voy a arreglarme? Aquí solo tengo el vestido de novia y el camisón.

Sandro pulsó un discreto botón escondido en la pared.

–Alguien del servicio te acompañará a tu habitación. Imagino que tu maleta estará allí.

Unos minutos después, una joven llamada Maria

la acompañaba a su dormitorio, una habitación con decoración femenina que, evidentemente, Sandro no iba a compartir.

De modo que así era un matrimonio de conveniencia, pensó, preguntándose por qué no se alegraba, por que no se sentía más segura. Tenía su propio espacio y Sandro la dejaría en paz. Todo lo que quería.

Sin embargo, entre las antigüedades y la cama con dosel, no estaba segura de que eso fuera lo que quería.

Tal vez estaba cansada. Se sentía más vulnerable por lo que había ocurrido la noche anterior y el recuerdo de las caricias de Sandro aún la hacía temblar.

Ya estaba bien. Era hora de hacer lo que había ido a hacer allí: interpretar el papel de reina. Cumplir con su deber hacia sus padres, hacia su hermana.

Y no pensar en Sandro y en la confusión de su matrimonio.

Una hora después se había puesto un discreto vestido color lavanda de cuello alto, con cinturón. Llevaba el pelo sujeto en un moño apretado, pero frunció el ceño al mirarse al espejo, recordando lo que Sandro había dicho.

«Me gustaría verte con el pelo suelto, cayendo sobre tus hombros. Los labios abiertos, las mejillas enrojecidas».

Por un segundo, pensó en soltarse el pelo y ponerse algo de colorete en las mejillas, pero antes de bajar al primer piso decidió que no era necesario.

La familia real se había reunido en el opulento comedor. Era un almuerzo oficial, con una docena de criados sirviendo los platos en una vajilla de porcelana inglesa.

La reina madre entró en la habitación con un gesto distante, altanero.

¿Era así como la veía Sandro, helada, remota, arrogante?

Liana tragó saliva. Nunca había pensado en cómo la verían los demás porque sencillamente no quería ser vista. No quería que viesen a la mujer que había bajo esa expresión helada, la chica que intentaba hacerse invisible, disculparse por su existencia.

Sophia se sentó a la cabecera de la mesa y Sandro lo hizo al otro lado.

Como reina, su sitio era el que ocupaba Sophia, pero estaba claro que la reina madre no pensaba renunciar a sus derechos y privilegios. Y Liana no iba a montar una escena. Ella no hacía eso.

Sin embargo, le dolió porque quería que Sandro la colocase donde correspondía. Pero él no la miró siquiera y Liana supo que el brillo de triunfo en los ojos de Sophia no era cosa de su imaginación.

Sandro se excusó después de comer, sin haber intercambiado más que un par de frases. Debían aparecer en el balcón principal a las cinco y ella tenía una reunión con su secretaria, alguien a quien aún no conocía, a las cuatro.

¿Y hasta entonces? Daría un paseo por el palacio, preguntándose qué estaba haciendo allí, qué la había llevado a aquel sitio.

La primera planta estaba ocupada por varios salones y Liana observó los magníficos suelos de mármol, los espejos, las antigüedades. Cuando estaba en el centro de uno de los salones, sintiéndose perdida y sola como nunca, escuchó una voz tras ella:

—Hola.

Era Alyse, encantadora y vibrante. Había cambiado el vestido que llevaba en el almuerzo por un pantalón vaquero y un jersey de cachemir de color rosa fuerte y Liana se sintió absurdamente desfasada con su vestido de cuello alto y el pelo sujeto en un moño. Nerviosa, empezó a jugar con su collar de perlas.

–Hola –respondió.

–¿Has dormido bien? –le preguntó Alyse–. Ay, perdona –se disculpó al ver que se ruborizaba–. no quería decir... solo quería saber si habías dormido bien.

–Muy bien, gracias.

–Pareces cansada. Todo esto es un poco abrumador, ¿verdad?

–Sí, un poco –respondió Liana. No quería admitir lo abrumador que estaba siendo para ella y lo insegura que se sentía.

–Al menos no tienes que lidiar con la prensa, eso fue lo más difícil para mí. Todas esas cámaras, los reporteros haciendo preguntas, buscando un agujero en la historia... hasta que encontraron uno.

–¿Lo pasaste mal?

Alyse hizo una mueca.

–No me gustaba enfrentarme con esos reporteros, pero lo peor fue cómo nos afectó a Leo y a mí.

–¿Cómo os afectó? –preguntó Liana.

–Todo era tan frágil entre nosotros al principio... yo no estaba preparada para que me pusieran a prueba. Afortunadamente, he sobrevivido –respondió Alyse, con una sonrisa.

–Y os queréis mucho.

–Sí, mucho.

Liana sintió una punzada de envidia. Ella nunca había querido lo que tenían Alyse y Leo y, sin embargo, el anhelo parecía ahogarla.

–Me alegro por vosotros –consiguió decir.

Y era cierto. Aunque estuviese celosa, aunque se diera cuenta de que esperaba algo más de lo que debería esperar de Sandro.

–Puede que no sea yo quien deba contártelo –empezó a decir Alyse, poniendo una mano en su brazo–, pero Leo y Sandro no han tenido una vida fácil.

–¿Qué quieres decir?

–La relación con sus padres no ha sido precisamente cariñosa, todo lo contrario.

Liana asintió con la cabeza. Ella no podía decir que la relación con los suyos lo fuera. Aunque los quisiera mucho, no estaba segura de que ellos la quisieran.

–Sophia no parece la persona más cariñosa del mundo.

Alyse sonrió.

–Y tampoco lo era el rey. Sin embargo, Leo y Sandro añoraban su cariño, aunque jamás vayan a admitirlo. Puede que no confíen en el amor y le tengan miedo, pero lo desean. Dale una oportunidad a Sandro, Liana. Solo quería decirte eso.

Ella se limitó a asentir con la cabeza. Tal vez Sandro buscaba amor, pero ella no. ¿O sí? ¿Podría cambiar?

Aún no sabía si quería cambiar y mucho menos si tenía valor para hacerlo. Se había casado con Sandro por muchas razones y ninguna de ellas tenía nada que ver con el amor. Ni siquiera había pensado en ello.

Había estado patinando en la superficie durante toda su vida y el hielo empezaba a resquebrajarse. ¿Y qué habría debajo de ese hielo? ¿Qué pasaría cuando se rompiera la careta? No quería ni pensar en ello y, sin embargo, tenía la horrible impresión de que ocurriría.

¿La sostendría Sandro? ¿Querría hacerlo?

–Gracias por decirme eso. Me ha ayudado mucho, Alyse.

–De nada. Tenéis que venir a cenar con nosotros una noche, así escapareis un rato del palacio.

Tras despedirse de Alyse, Liana fue a conocer a su secretaria, una eficiente joven llamada Christina, que le explicó que para cumplir con sus funciones como reina debía llevar un vestuario creado para ella por diseñadores del país.

–¿Hay muchos? Maldinia es un país muy pequeño.

–Unos cuantos –respondió Christina–. Pero, por supuesto, su estilista los revisará antes con usted.

–Me gustaría apoyar un proyecto benéfico en el que llevo trabajando muchos años...

–Sí, claro, Manos que Ayudan. Podríamos organizar un evento benéfico en el palacio.

–Eso sería estupendo. Puedo ponerme en contacto con...

–Creo que el rey ya lo ha hecho –la interrumpió su secretaria–. Fue idea suya.

–¿Ah, sí? –Liana parpadeó, sorprendida–. ¿Dónde está ahora mismo?

Christina miró su reloj.

–Imagino que preparándose para aparecer en el balcón. Voy a llamar a su estilista.

Unos minutos después, cuando Sandro entró en la habitación, atractivo y apuesto con su uniforme oficial, Liana estaba vestida para su primera aparición en el balcón del palacio.

Su corazón, alegre un momento antes, se encogió al ver que no la miraba. Odiaba que cosas tan pequeñas la afectasen y, sin embargo, así era. A pesar de su intención de permanecer impasible, remota, allí estaba ese anhelo, esa desilusión.

—¿Estás lista? —le preguntó Sandro.

—Sí.

Juntos, salieron al balcón que daba a la plaza principal de Varene para saludar a sus conciudadanos. Los gritos de la gente hicieron que Liana parpadease, sorprendida. Nunca había sentido tal... aprobación.

—Quieren que nos besemos —dijo Sandro, tomando su cara entre las manos con decisión.

Y Liana no se resistió. ¿Cómo iba a hacerlo?

La multitud empezó a aplaudir, el estruendo a juego con el galopar de su pulso.

Quería que la besara así, le encantaba. Estaba cansada de disimular, de esconderse, de fingirse segura. Y le devolvió el beso sin pensarlo dos veces.

Sandro se apartó, con una sonrisa en los labios.

—Bueno, creo que eso será suficiente.

Liana parpadeó, intentando poner los pies en la tierra. Ese beso había sido para la gente, no para ella. No había significado nada.

Su matrimonio seguía siendo uno de conveniencia, aunque ella desearía que no fuera así.

En cuanto volvieron al salón, Sandro desapareció de nuevo y Liana fue a ver a su estilista para elegir el vestuario de los próximos días.

—Una reina siempre debe llevar vestidos clásicos —le explicó la estilista, Demi, mientras le mostraba unos diseños—, pero también debe ser contemporánea. El público debe admirarla.

—¿Entonces este vestido...?

—Es precioso —dijo Demi—. Es elegante y clásico, pero tal vez necesite algo más informal.

—Sí, supongo que no es muy moderno —asintió

Liana. En general, vestía como una mujer al borde de la menopausia, no como una chica de veintiocho años que tenía toda la vida por delante.

Porque nunca había sentido que tuviera nada por delante.

Sophia volvió al ala que ocupaba en el palacio, Alyse y Leo a su casa y Sandro se encerró en el estudio, de modo que Liana paseó por el jardín, sin saber qué hacer, y cenó sola en su habitación.

Estaba dejándola en paz, como ella esperaba. ¿Cómo iba a decirle que quería algo diferente, especialmente cuando no estaba segura de lo que era?

A las once, con los nervios agarrados al estómago y el corazón en un puño, Liana llamó a la puerta de su estudio.

–Entra.

Liana observó las paredes forradas de madera, los sillones de piel y el enorme escritorio de caoba tras el que estaba Sandro, pasándose una mano por el pelo.

–Lo siento, sé que es tarde. Estaba intentando limpiar mi escritorio de papeles, pero no soy capaz.

–Imagino que un rey tendrá mucho trabajo –dijo ella, con una sonrisa.

–¿Qué has hecho hoy?

–He hablado con mi secretaria y con mi estilista. Nunca había tenido personal a mi disposición.

–¿Y estás contenta?

–Es un poco abrumador. Además, debo «refrescar» mi estilo.

–¿Refrescar? Suena como si fueras una lechuga.

–Sí, ¿verdad? –Liana sonrió–. Sé que mi forma de vestir es un poco conservadora.

Sandro miró el vestido color lavanda.

–¿Y por qué crees que es así?

–Supongo que nunca he querido llamar la atención –respondió ella, jugando con el cinturón del vestido–. ¿No vas... no vienes a la cama?

Él la miró con expresión seria.

–¿Quieres que vaya?

Sí y no. Ya no sabía lo que quería. Hasta entonces había tenido un único propósito en la vida y, de repente, quería algo más. Pero no podía explicárselo a Sandro.

Él se echó hacia atrás en la silla, mirándola de arriba abajo.

–Te sigo dando miedo.

–No, tú no.

–El matrimonio entonces, la intimidad.

Liana tragó saliva.

–Sí –respondió.

–Pues ya puedes respirar tranquila. Esta noche no haremos el amor.

Hacer el amor. Eso conjuraba todo tipo de imágenes. Imágenes que la mareaban, deseos que la hacían temblar.

–¿Cuándo...?

–Pronto, creo. Tal vez durante nuestra luna de miel.

–¿Luna de miel?

Ellos no iban a tener una luna de miel. ¿Para qué cuando el suyo era un matrimonio de conveniencia?

–Llamarlo luna de miel podría ser exagerado, pero tengo que ir a California para resolver unos asuntos y quiero que vengas conmigo.

Liana sintió que su corazón se derretía. La quería a su lado. ¿Era infantil sentirse gratificada, emocionada?

–¿Quieres ir conmigo? –le preguntó Sandro.

Una semana antes, un día antes, Liana habría buscado alguna excusa, habría intentado protegerse. Sin embargo, asintió con la cabeza.

–Sí –respondió–. Quiero ir contigo.

Capítulo 7

SANDRO, sentado al lado de Liana en el jet real, metió una fresa en una bandeja con chocolate caliente y se la ofreció, con una traviesa sonrisa en los labios. Mientras cruzaban el Atlántico, él estaba decidido a empezar lo que sospechaba sería el agradable proceso de derretir a su mujer.

Ya estaba funcionando. La noche anterior había dormido entre sus brazos y solo había tardado una hora en relajarse.

Sandro había observado su rostro dormido, los labios entreabiertos, las pestañas rozando esa piel de porcelana. Había acariciado su mejilla, asombrado de su suavidad, de lo que sentía por aquella mujer a la que había creído tan dura, tan fría.

Sin embargo, mientras la acariciaba, dudó de nuevo porque se había equivocado antes. Había pensado lo mejor de sus padres, de la mujer a la que había dejado entrar en su corazón. Incluso cuando todo le decía que no lo hiciera, que fuese más cauto.

¿Estaba haciendo lo mismo? ¿Tal era su desesperación por amar y ser amado? Porque Liana estaba entre sus brazos, pero no siempre parecía querer estar allí. Lo besaba con repentina y dulce pasión y al minuto siguiente era fría, remota.

¿Cuál era la auténtica Liana?

Ella miró la fresa con una sonrisa en los labios.

–Te gustan las comidas que manchan.

–Dicen que son afrodisíacas.

–Ah.

–Venga, pruébala.

–Yo no...

–¿No te gustan las fresas, el chocolate? No me lo creo.

–Nunca he probado una fresa con chocolate –Liana se puso colorada–. Imagino que te pareceré un poco ridícula.

–Nada en ti me parece ridículo.

–Sé que no tengo mucha experiencia de la vida.

–¿Y por qué es eso?

Ella vaciló antes de responder:

–No lo sé.

Al menos debería tener una idea, pero Sandro sabía que no debía presionarla en ese momento y volvió a ofrecerle la fresa.

–Pruébala. Venga, abre la boca.

Ella apartó la mirada y, por un momento, pensó que la estaba presionando demasiado. Pero cuando por fin abrió los labios para rozar la fresa con la lengua tuvo que hacer un esfuerzo para controlarse.

Era tan dulcemente inocente, tan seductora como una sirena mientras lo miraba con los ojos tan claros como un lago. Podría ahogarse en ellos. Estaba ahogándose mientras la veía lamer el chocolate.

–No sabía lo que me estaba perdiendo –dijo Liana, con voz ronca.

Y él supo que no hablaba de una simple fresa.

–Liana...

De repente, Sandro no pudo contenerse más. La tomó entre sus brazos y besó sus labios manchados de chocolate. Ella sabía mejor que el chocolate y quería más... más de lo que había querido nada en toda su vida. La besaba como si estuviera buscando su esencia, queriendo estar más cerca. Y lo hizo, la tomó por la cintura para sentarla sobre sus rodillas, apretándola contra su erección.

–Así está mejor –murmuró y ella dejó escapar una risita.

–Sandro...

Iba demasiado rápido. Con el hechizo del beso había olvidado que era virgen, que no tenía experiencia.

–Lo siento. He perdido un poco la cabeza –se disculpó, dejándola de nuevo sobre el asiento.

–No pasa nada –murmuró ella.

Sandro se echó hacia atrás e intentó, sin éxito, contener el dolor en su entrepierna.

–El sexo ya no me da miedo –dijo Liana entonces. Y Sandro tuvo que disimular una sonrisa.

–Me alegro mucho.

–Es todo lo demás. Estar... con alguien.

–No te entiendo.

–La intimidad. Como tú dijiste, ser vulnerable, espontánea.

–Nada de eso es fácil, ¿verdad?

–¿Quieres decir que a ti también te da miedo?

–A veces –Sandro apartó la mirada–. No soy un experto, desde luego.

–Pero tú has tenido muchas relaciones, al menos según las revistas.

–No creas todo lo que lees.

Ella levantó las cejas.

–¿Entonces no es verdad?

Sandro se movió en el asiento, incómodo, pero sabiendo que debía ser sincero con aquella mujer. Su esposa.

–He tenido varias relaciones, lo admito. Pero no han significado nada para mí.

–Eso es más de lo que he tenido yo –dijo Liana–. ¿Has estado enamorado alguna vez?

Sandro pensó en Teresa. ¿Qué lo había atraído de ella? Tal vez que era diferente. Una chica californiana de pelo dorado y ojos azules, siempre riendo, siempre dispuesta a pasar un buen rato. Había tardado casi un año en darse cuenta de que Teresa solo quería eso, pasar un buen rato. Con su dinero, con su estatus. No estaba interesada en él, no quería saber nada de «en la riqueza y en la pobreza, en la salud y en la enfermedad». Al menos, no quería saber nada de la segunda parte.

–Sí –respondió por fin.

–Imagino que debías quererla mucho.

–¿Por qué dices eso?

–Porque tu rostro se ha ensombrecido.

Él sacudió la cabeza.

–Creía amarla. Y a veces la desilusión es peor que un corazón roto.

–¿Por qué te llevaste una desilusión?

Sandro se encogió de hombros, asombrado de estar contándole aquello.

–Pensé que me quería por mí mismo, pero descubrí que solo estaba interesada en mi dinero y mi estatus social, no en mí ni en serme fiel –respondió. La había pillado en la cama con otro hombre, el jardinero ni más ni menos, y ni siquiera le había pedido perdón.

–¿Por eso eres tan desconfiado?

–¿Desconfiado?

–Por eso sospechabas de mí.

Aunque estaba disfrutando de la conversación y de esa nueva intimidad, sus palabras le recordaban por qué había aceptado casarse con él: dinero, poder, un título.

En realidad, nada había cambiado, pensó. Pero apartó de sí ese pensamiento porque quería disfrutar del simple placer de estar con una mujer. Con su mujer.

–Prueba otra fresa –le dijo, poniéndola frente a sus labios.

Liana lamió el chocolate, sus sentidos encendidos. Nunca había experimentado tantas sensaciones a la vez: la dulzura de la fresa, la seductora promesa del beso, la alarmante sinceridad de la conversación, que la hacía sentir vulnerable y curiosamente relajada, como si se hubiera quitado un gran peso de encima.

Seguramente era por eso por lo que la gente se enamoraba. Eso era lo que contaban en las novelas románticas y, sin embargo, ella no amaba a Sandro. ¿Cómo iba a amarlo si apenas lo conocía?

Pero era su marido y la había abrazado durante toda la noche. La había besado como si no se cansase de ella. Había compartido más con él que con cualquier otro hombre en toda su vida y si eso la convertía en una persona patética... en fin, entonces era patética. Pero por primera vez en su vida casi podía ver la felicidad al alcance de su mano.

¿La vería Sandro? ¿Entre ellos podría haber algo más que un matrimonio de conveniencia? Ni siquiera ella estaba segura de querer algo más.

–¿En qué piensas? –le preguntó Sandro.

–En muchas cosas.

–Luz y sombra. Sonríes un minuto y frunces el ceño al siguiente.

–¿Ah, sí? No sé, imagino que estoy intentando entender qué es lo que siento.

–Tal vez deberías dejar de pensar tanto –sugirió él–. Déjate llevar.

Liana asintió con la cabeza. Sí, parecía una buena idea. Dejar de analizar tanto, dejar de preocuparse y... sentir.

Había pasado toda su vida intentando no sentir nada y, de repente, quería hacerlo. De verdad quería hacerlo.

–Me parece bien.

Llegaron a Los Ángeles cansados, pero ella seguía eufórica. Aquel era un sitio nuevo, un nuevo día. Una nueva vida.

Una limusina los esperaba en el aeropuerto y Liana apoyó la nariz en el cristal de la ventanilla mientras recorrían la ciudad de Los Ángeles hasta llegar a una villa en Santa Mónica.

–Nunca había visitado Estados Unidos –murmuró, admirando la elegancia de Rodeo Drive, la icónica calle de Beverly Hills.

–Considérate una turista. Yo tengo trabajo, pero más tarde iremos a pasear.

–¿Qué se puede ver aquí?

–Los museos, la playa. Me gustaría llevarte a un spa en el desierto para mimarte.

Liana soltó una carcajada.

–Eso suena muy bien.

–No creo que te hayan mimado nunca –dijo Sandro.

–No, la verdad es que no. Mímame todo lo que quieras.

La limusina se detuvo frente a una mansión de estilo californiano y estuvieron una hora paseando por el jardín. Sandro le mostró la televisión de plasma controlada por voz, la ducha, que se activaba dando una simple palmada en la pared...

–Este sitio parece salido de una película de James Bond –bromeó Liana–. No sabía que te gustaran estas cosas.

–Tengo una empresa de tecnología avanzada.

–Leo también está interesado en eso, ¿no? Durante el banquete, alguien contó que ha intentado hacer reformas en Maldinia.

–Así es –Sandro hizo una mueca–. Ha trabajado mucho en mi ausencia.

Liana percibió una nota de recriminación en su voz y le habría gustado preguntar. Querría saber si se sentía culpable como le pasaba a ella, pero estaban pasándolo tan bien que no quería estropear el momento.

Y, además, porque era una cobarde.

Comieron en la playa privada frente a la casa y, aunque su reloj biológico insistía en que no era la hora, mientras miraba el océano Pacífico empezó a quedarse dormida...

Despertó cuando Sandro la tomó en sus brazos.

–¿Qué hora es?

–Hora de irse a la cama –murmuró él, llevándola al interior de la casa.

Cuando la tumbó sobre las sábanas de seda y empujó suavemente su cabeza para apoyarla sobre su hombro, Liana dejó escapar un suspiro de contento. ¿Cómo había podido pasar sin todo eso durante tantos años?

Debió de quedarse dormida porque despertó en medio de la noche, con la habitación a oscuras salvo por un rayo de luna que entraba por la ventana y parecía partir el suelo en dos. Pero Sandro no estaba a su lado.

Descalza, bajó al primer piso a buscarlo, preguntándose por qué se habría levantado de la cama en medio de la noche.

Por fin, lo encontró en el estudio, frente al ordenador. Trabajaba tanto, pensó, sintiéndose culpable. Lo había acusado de renunciar a sus obligaciones, de ser alguien a quien no podía respetar, pero empezaba a ver que era una acusación injusta.

—¿No podías dormir? —le preguntó, en voz baja.

Sandro levantó la mirada, sorprendido.

—Mi reloj biológico me dice que aún es de día, así que he pensado trabajar un rato.

—¿En qué trabajas?

—Estaba revisando unos informes de TD.

—¿TD?

—Tecnologías Diomedi.

—Fundaste la empresa cuando te fuiste de Maldinia, ¿no?

—Quieres decir cuando abandoné mis obligaciones reales para dedicarme a mis propios negocios —dijo él, con una sonrisa en los labios.

Liana hizo una mueca.

—No digas eso.

—Pero es la verdad.

—No estoy segura de que lo sea.

—¿Por qué dices eso? —Sandro parecía molesto, pero sabía que no era contra ella. Estaba enfadado consigo mismo por haberse marchado, por haber fracasado. Y ella entendía mejor que nadie el sentimiento de culpa.

Cerró los ojos, intentando olvidar el recuerdo de Chiara, al menos por un momento. El rostro de su hermana la perseguiría durante el resto de su vida.

—Creo que siempre hay varias versiones de una historia —dijo en voz baja—. Dijiste que marcharte era una necesidad entonces, pero no me has explicado por qué.

Sandro apartó la mirada.

—No pensé que tuviéramos ese tipo de relación.

Liana tragó saliva.

—Antes no, pero tal vez ahora... al menos, estamos intentándolo.

Él la miró entonces, su expresión inescrutable.

—¿Es así?

Era el momento de decirle que todo había empezado a cambiar. Él la había cambiado y, de repente, quería cosas que nunca antes había querido anhelar: afecto, amistad, amor.

Las palabras estaban ahí y temblaron en sus labios, pero el miedo a exponerse demasiado hizo que no pudiera pronunciarlas.

—Dímelo tú.

No era la respuesta que esperaba, estaba segura. Era una respuesta cobarde y Sandro debió de pensar lo mismo porque frunció el ceño.

—No sé qué secretos escondes o por qué has experimentado tan poco de la vida. Es casi como si te hubieras escondido y no sabré por qué hasta que tú me lo cuentes. Además, dijiste que te casabas conmigo por las oportunidades que ser reina aportaría a esa fundación tuya. ¿Ha cambiado algo?

Liana tragó saliva.

—No exactamente, pero yo sí he cambiado, al menos un poco. Quiero conocerte y espero que tú quieras conocerme a mí.

No podía ser más sincera, pero Sandro parecía incrédulo.

—¿Y cómo vamos a hacer eso?

—¿Conocernos mejor? —Liana se pasó la lengua por

los labios–. Como lo hemos estado haciendo hasta ahora: hablando, pasando tiempo juntos.

–Podemos hablar todo lo que quieras, pero hasta que me cuentes qué escondes no creo que nada vaya a cambiar.

–Pero te he dicho que estoy cambiando, al menos un poco. Tú me has cambiado.

–¿Ah, sí? –Sandro seguía mirando su boca y Liana se sentía como borracha.

–No se me ocurre otra manera de conocernos –murmuró.

Él arqueó una ceja, sus ojos convirtiéndose en plata fundida.

–¿Y qué manera es esa?

Con el corazón acelerado, Liana se inclinó hacia delante para rozar sus labios.

–Esta.

Sandro no respondió como esperaba, tomándola entre sus brazos. No, parecía estar esperando ver qué hacía, hasta dónde llegaba.

Animada, Liana deslizó la lengua en su boca y, al notar que él tenía que hacer un esfuerzo para contenerse, lo besó apasionadamente, dejándose llevar.

–Liana... –Sandro enredó los dedos en su pelo, tomando el control del beso y haciéndolo suyo, de los dos.

Y menudo beso. Liana podía contar con los dedos de una mano el número de veces que la habían besado, la mitad de ellas Sandro, pero aquel beso era completamente nuevo. Aquel beso era una admisión, una confesión de deseo.

Era lo más sincero que había hecho en su vida.

De un manotazo, Sandro apartó los papeles y la sentó sobre el escritorio, colocándola a horcajadas sobre su regazo para hacerla sentir su erección. En ese momento, Liana no temía sus propios sentimientos ni la fuerza de su deseo. Al contrario, quería más.

Temerariamente, se quitó el vestido y el sujetador, mirándolo a los ojos. Solo llevaba las bragas y hasta eso le parecía demasiada ropa.

—Eres tan preciosa —susurró él, con voz ronca—. Tu piel es como el mármol.

—¿Como una estatua?

Sandro levantó la mirada, sin dejar de acariciarla, rozando sus pezones con la yema de los pulgares.

—Como la Venus de Milo.

Cuando puso la boca sobre uno de sus pechos fue como si la estatua tomase vida, suspirando, jadeando mientras la acariciaba con la lengua.

Liana enredó los dedos en su pelo, arqueando la espalda, apretándose contra él, anhelando lo que estaba por llegar, lo que sentiría al tenerlo dentro de ella, al ser parte de él. Y quería saberlo, necesitaba saberlo.

Sandro dejó escapar un gemido.

—Aquí no. Deja que te lleve a la cama...

—¿Por qué necesitamos una cama? —murmuró ella, acariciando su torso.

—Es tu primera vez.

—¿Y hay reglas para la primera vez? ¿Tiene que ser en una cama, con rosas y música de violines?

Sandro dejó escapar una temblorosa carcajada.

—No tengo rosas en este momento...

—En realidad, no me gustan las rosas —Liana se apretó contra él—. Ni los violines.

—Aun así...

—Quiero esto —lo interrumpió ella. Tal vez no podía ser sincera del todo, pero sí podía serlo sobre el deseo que sentía–. Te deseo. Y te quiero aquí, ahora mismo.

Sandro se apartó, pero solo para sostener su cara entre las manos y mirarla a los ojos. Y Liana le devolvió la mirada con expresión decidida.

–Me deseas –repitió él, maravillado.

–Te deseo –dijo Liana, besándolo de nuevo; un beso más sincero, más profundo, dándoselo todo.

Nunca se cansaría de besarlo, pensó. Nunca se cansaría de él.

Contuvo el aliento al notar el roce de sus dedos en el elástico de las bragas, pero Sandro se las arrancó de un tirón y las lanzó al suelo junto con el pantalón del pijama.

Liana dejó escapar un grito de sorpresa y sus músculos se cerraron cuando Sandro introdujo un dedo en su interior.

–Tranquila.

Clavó las uñas en su espalda mientras él movía los dedos con deliciosa sabiduría, sintiendo una ola de placer tan intenso, tan fiero que la dejó sin aire.

–Sandro... –susurró–. ¿Por que yo no sabía esto?

–Porque no te lo has permitido a ti misma –respondió él.

–Te deseo –musitó–. Te quiero dentro de mí.

–Podría dolerte un poco, al principio. Es la primera vez...

–No hables más de la primera vez –lo interrumpió ella, levantando las caderas para recibirlo–. No me duele.

No le dolía, pero sentirlo dentro de ella era una experiencia que le abría los ojos. Intensamente. Era tan íntimo, tan extraño. La hacía... sentir.

Ya no quería volver a vivir anestesiada.

Sandro la miraba a los ojos mientras empezaba a moverse, sujetando sus caderas.

−¿Bien? −susurró. Y Liana rio, echando la cabeza hacia atrás, el placer provocando chispas dentro de ella, sensaciones que le impedían hablar.

−Más que bien −respondió cuando pudo encontrar su voz−. Maravilloso.

No pudo seguir hablando porque las sensaciones se apoderaron de ella. Sentía como si Sandro estuviera tocando su alma.

Y tal vez era así porque mientras gritaba de placer supo que jamás se había sentido tan cerca de otro ser humano.

Era más que maravilloso. Era como si la hubiese devuelto a la vida.

Capítulo 8

ESTUVIERON cinco días en California, cinco días disfrutando de la compañía y del cuerpo del otro.

Haciendo el amor.

Eso era para Sandro. Estaba enamorándose de su mujer, de la mujer cálida que había salido del hielo.

Mirándola mientras paseaban por el muelle de Santa Mónica, apenas podía creer que Liana fuese la misma mujer compuesta y fría que había conocido dos meses antes. Llevaba un vestido estampado, su pálido cabello cayendo sobre los hombros, los ojos brillantes, las mejillas enrojecidas. Parecía incandescente.

Ella lo miró entonces, con el ceño fruncido.

—¿Por qué me miras así? ¿Tengo helado en la cara?

Estaba tomando un helado de chocolate con la felicidad que solía reservarse para los niños y cada lametón hacía que el deseo creciese dentro de él. Le gustaría volver a la casa para hacerle el amor en otra habitación. Por el momento, habían bautizado el estudio, el dormitorio, la ducha, la playa y el vestíbulo de entrada. A ese paso, el muelle de Santa Mónica sería lo siguiente y al infierno lo que pensaran los demás.

—Solo disfrutaba al verte comer el helado.

—¿Tan fascinante es? —bromeó Liana. Y Sandro se excitó aún más al ver que sacaba la punta de la lengua para lamer el chocolate.

—Te aseguro que sí.

Riendo, ella se inclinó hacia delante y le plantó un beso que sabía a chocolate.

—Espero que así aguantes hasta más tarde.

—¿Cuánto tendré que esperar?

—Quiero llegar hasta el final del muelle.

Sandro la tomó del brazo.

—Me vas a matar.

—Pero morirás con una sonrisa en los labios.

—O tal vez una mueca de agonía porque estás demasiado ocupada disfrutando de tu helado como para satisfacer a tu marido.

Liana arqueó una ceja.

—Creo que he satisfecho a mi marido dos veces hoy y aún no son las doce. Necesitas un médico.

—Es posible. O tal vez debas dejar de tomar helado delante de mí.

Sin poder evitarlo, la besó de nuevo, apretándola contra su torso, y el cono de helado resbaló de los dedos de Liana cuando le echó los brazos al cuello. Sandro estuvo a punto de perder la cabeza y terminar lo que habían empezado allí, entre los patinadores y los turistas.

Y Liana debía de estar de acuerdo porque le devolvía el beso con el entusiasmo que podría desear de una mujer.

Una mujer de la que estaba enamorándose.

Un destello hizo que se apartase. Los paparazzi no los habían molestado demasiado desde que llegaron a Los Ángeles. Había suficiente gente famosa allí como para convertirlo a él en un famoso más, pero que besara apasionadamente a su mujer en público era una fotografía de portada.

–Lo siento –murmuró–. Me temo que esto va a salir en las revistas.

–Da igual. Después de todo, estamos casados –Liana miró hacia el suelo–. Pero vas a tener que comprarme otro helado.

–De eso nada –Sandro tiró de su brazo–. Si te veo tomando otro helado, no seré responsable de mis actos.

Varias horas después estaban en la cama. Habían llegado a ella por fin después de bautizar otra habitación, la cocina, con el sol de la tarde iluminándolos.

Y aunque le gustaría que aquello no terminase, sabía que tenía que ser así.

–He terminado con lo que me trajo aquí –murmuró, deslizando una mano por su estómago–. Deberíamos volver a Maldinia mañana.

–¿Mañana? –repitió ella, entristecida–. La semana ha pasado tan rápido. No me apetece volver.

–A mí tampoco, pero el deber me llama.

Lo había dicho con ironía, como siempre que hablaba de sus deberes reales.

–¿Por qué odias ser el rey? –le preguntó.

Y Sandro sintió como si lo hubiera tocado con una plancha ardiendo.

–¿Por qué crees que odio ser rey?

–Tal vez odiar es una palabra muy fuerte, pero cada vez que hablas de ello, de Maldinia, de la monarquía, utilizas ese tono... como si no pudieras soportarlo.

–Es mi deber –murmuró él.

–No estoy intentando ofenderte o enfadarte. Solo quiero conocerte mejor.

–Creo que me has conocido un poco mejor esta semana, ¿no?

La expresión de Liana se ensombreció.

—Pero es solo sexo.

—¿Solo sexo? Me siento ofendido.

—Un sexo asombroso, pero quiero conocer algo más que tu cuerpo o lo fantástico que es estar contigo.

Sandro vio una sombra en sus ojos, una expresión incierta.

—¿De verdad? Lo hemos pasado estupendamente esta semana, debo admitirlo, pero no hemos hablado de nada personal. Creo que a ti te gusta que sea así.

Ella asintió con la cabeza.

—Soy una persona muy reservada, lo admito. Hay cosas de las que no me gusta hablar, pero quiero conocerte mejor, entenderte.

—¿Así que yo te desnudo mi alma mientras tú sigues escondiéndome tus secretos? No me parece justo.

—No, no lo es —Liana se quedó callada un momento y Sandro esperó. No sabía qué iba a decir y se sentía culpable por acusarla de esconderle cosas cuando él también lo hacía.

Le escondía cosas sobre su familia, sobre su padre, sobre sí mismo.

—¿Qué tal si nos hacemos un par de preguntas?

—¿Cómo?

—Podemos hacernos preguntas por turnos. Tú me haces una y yo tengo que contestar. Luego yo te hago una pregunta a ti y tú también tienes que contestar. Incluso dejaré que preguntes primero.

Sandro asintió con la cabeza.

—Muy bien.

—Hazme la primera pregunta —Liana se sentó sobre la cama, con las piernas cruzadas, su expresión alerta. Estaba completamente desnuda y Sandro no sabía si quería hacer la pregunta o tomarla entre sus brazos. No, en realidad sí lo sabía.

El sexo sería más fácil, más seguro. Y mucho más placentero.

Pero la había acusado de esconderle cosas y sería un cobarde y un hipócrita si rechazase su oferta. De modo que respiró profundamente y pensó en todas las cosas que lo intrigaban de su esposa.

–¿Por qué has dedicado tu vida a Manos que Ayudan?

–Porque mi hermana tenía ataques de epilepsia.

Él la miró, sorprendido.

–No habías mencionado...

Liana levantó una mano.

–No, lo siento, ahora es mi turno.

–Muy bien.

Sandro sabía cual sería su pregunta: ¿Por qué odias ser rey? ¿Y cómo iba a responder a eso?

–¿Por qué elegiste California?

Ah, estaba poniéndoselo fácil. Y, sin embargo, él había ido directo al grano.

–Elegí California porque me interesan las nuevas tecnologías y era un buen sitio para abrir un negocio. Y por el buen tiempo.

Liana sonrió, pero Sandro vio que se ponía tensa ante la siguiente pregunta.

–¿Cómo se llama tu hermana? –le preguntó.

Y, para su sorpresa, los ojos de Liana se llenaron de lágrimas.

–Se llamaba Chiara –logró decir por fin.

«Llamaba». En pasado. Debería haberse dado cuenta de que su hermana había muerto.

–Lo siento, yo...

Ella negó con la cabeza.

–Es mi turno –Liana parpadeó rápidamente para controlar las lágrimas. ¿Cuándo había llorado por última vez? Mucho tiempo atrás porque no se lo permitía a sí misma.

–¿Qué te hizo renunciar a tu herencia?

«Me pareció necesario en ese momento».

Eso era lo que le había contado antes y podría decir lo mismo, pero no era una respuesta.

–Porque pensé que me perdería a mí mismo si me quedaba.

–¿Por qué?

–Es mi turno.

–Muy bien.

–¿Cómo murió tu hermana?

Su expresión se volvió tan triste, tan angustiada, que deseó abrazarla, consolarla, pero recuperó la serenidad mientras decía:

–Se ahogó durante un ataque de epilepsia cuando tenía cuatro años.

Sandro la abrazó entonces.

–Lo siento mucho –murmuró. De repente, entendía que hubiese dedicado su vida a esa fundación–. ¿Cuántos años tenías tú?

–Ocho –respondió ella–. Pero has hecho dos preguntas, así que ahora me toca a mí hacerte dos preguntas.

–Podríamos parar...

–No, de eso nada –Liana se echó hacia atrás, secándose los ojos con el dorso de la mano–. ¿Por qué sentías que ibas a perderte a ti mismo si te quedabas en Maldinia?

Estaban sacando la artillería pesada, pensó Sandro. Preguntando y admitiendo cosas que los hacían sentir incómodos, vulnerables.

–Porque no podía soportar la hipocresía.

–¿Qué hipocresía?

–Ahora es mi turno...

–No, tengo derecho a hacer dos preguntas seguidas.

–Muy bien, de acuerdo. La hipocresía de mis padres y la mía.

–¿Qué...?

–No, es mi turno. ¿Cuál era tu materia favorita en el colegio?

Ella lo miró, sorprendida.

–El arte. ¿Y la tuya?

–La informática.

–¿Quieres que paremos? –le preguntó Liana entonces. Y Sandro se dio cuenta de que no quería. Deseaba contárselo todo a aquella mujer, desnudarle su alma.

Quería intimidad, vulnerabilidad, confianza, amor. Y esperaba que ella lo quisiera también.

–Sigamos. Ahora es mi turno.

Liana asintió. Era casi un alivio responder a esas preguntas, como limpiar una herida o calmar una intensa presión. Pero dolía. Y aunque le había dado un respiro con la última pregunta, sabía que no seguiría haciéndolo.

–¿Por qué no fuiste a la universidad?

–Porque quería empezar a trabajar en Manos que Ayudan lo antes posible.

Iba a pensar que tenía una obsesión con la fundación. Porque no sabía toda la verdad sobre Chiara. No le había preguntado y ella no iba a admitirlo a menos que lo hicieses.

–¿Por qué dices que tus padres eran hipócritas?

Sandro se quedó callado durante largo rato, pensativo.

–No es fácil responder a esa pregunta. No puedo hacerlo con una sola frase.

–No tiene que ser una sola frase.

–Pero es más fácil así, ¿no? –Sandro hizo una mueca–. Estamos revelando lo menos posible.

Liana no podía negar eso.

–Hemos empezado poco a poco –murmuró, encogiéndose de hombros–. Nadie ha dicho que tuviera que ser una confesión completa.

–Mis padres eran hipócritas porque solo fingían querernos cuando había cámaras delante.

–¿Por qué...?

–No, mi turno –la interrumpió él–. ¿Qué fantaseas hacer conmigo que no hayas hecho ya?

La sorpresa hizo que Liana se quedase boquiabierta.

–Pues... –no sabía qué decir–. ¿Ir al cine?

Sandro soltó una carcajada.

–Veo que voy a tener que replantear la pregunta.

Liana se puso colorada. Podía ser desinhibida en el dormitorio, o en la habitación en la que estuvieran, pero hablar de ello era diferente. Más revelador.

De repente, era muy consciente de que los dos estaban desnudos y acababan de hacer el amor, pero quería volver a hacerlo. Y, por sus palabras y por la orgullosa evidencia de su cuerpo, él sentía lo mismo.

–Si sigues mirándome así, no seré responsable de mis actos –bromeó Sandro.

–Lo siento –Liana apartó la mirada e intentó ordenar sus pensamientos–. ¿Por qué eras tú un hipócrita?

–Porque me creí las mentiras y, cuando supe que lo eran, no dije nada. Mi turno –se apresuró a decir Sandro–. Voy a replantear la anterior pregunta: ¿qué fantaseas hacer *sexualmente* conmigo que no hayamos hecho?

Liana sintió un cosquilleo entre las piernas.

—Ya hemos hecho muchas cosas.

—¿Estás diciendo que no tienes ninguna fantasía?

—No exactamente...

—¿Entonces qué? Respeta las reglas, Liana. Responde a la pregunta.

Ella se llevó una mano a la frente.

—Es que me da vergüenza.

—¿Por qué?

—No lo sé.

—Yo creo que sí lo sabes.

—Muy bien, si eres tan listo, dime tú cuál es mi fantasía.

Sandro rio.

—No voy a dejar que te escapes tan fácilmente, pero te diré cuál es mi fantasía secreta —replicó, con una sonrisa traviesa—. Saborearte. Y no me refiero a tu boca.

Liana dejó escapar una risita nerviosa.

—Puede que sea inexperta, pero había entendido a qué te referías.

—Quiero saborearte y quiero sentirte temblando mientras lo hago.

Ella cerró los ojos. Las explícitas imágenes que habían aparecido en su cerebro hacían imposible pensar y, sin embargo, se oyó responder a sí misma.

—Yo también lo deseo.

Sandro hundió la lengua en su boca y Liana enredó los dedos en su pelo, atrayéndolo hacia sí. Pero entonces él empezó a deslizarse hacia abajo y supo dónde iba, supo lo que quería hacer... y lo que ella deseaba también. Todo pareció detenerse, quedar en suspenso.

Dejó escapar un gemido de placer cuando Sandro abrió sus piernas y puso la boca en ella, abriendo los delicados pliegues con la lengua, todo en ella expuesto, abierto y vulnerable.

Era exquisito, insoportable. Demasiado. Demasiado placer, demasiada vulnerabilidad, demasiados sentimientos. Las lágrimas asomaron a sus ojos.

–Sandro...

Él levantó la cabeza.

–¿Quieres que pare?

–No...

Y él siguió hasta que sus muslos se tensaron, hasta que llegó al clímax gritando, tirando de su pelo, con lágrimas deslizándose por sus mejillas. Sentía como si se hubiera roto y recompuesto de nuevo, como si él la hubiese reconstruido.

Sandro apoyó la cabeza en su estómago y levantó una mano para secar sus lágrimas.

–Lo siento –susurró Liana.

–¿Lo sientes? ¿Qué e lo que sientes?

–Llorar...

–No me importan tus lágrimas –Sandro besó su ombligo–. Eres maravillosa.

–Me siento tan débil como un gatito.

–Maravillosa –repitió él.

Liana sintió el abrumador deseo de decir que lo amaba, pero se contuvo. A pesar de lo que habían hecho, aún le parecía demasiado pronto. En cambio, decidió admitir que tenía una fantasía y lo empujó suavemente hacia atrás.

–¿Qué haces? –murmuró Sandro, con expresión soñolienta.

–Ahora es tu turno.

–¿Mi turno?

Lo empujó de nuevo y, sonriendo, Sandro se tumbó de espaldas. Todo en él tan masculino, tan magnífico, tan suyo.

–Lo que es justo, es justo –Liana, con ancestral instinto femenino, se colocó a horcajadas sobre él, inclinó la cabeza para rozar su ombligo con los labios... y luego siguió hacia abajo.

Capítulo 9

LIANA se miraba al espejo intentando contener los nervios. Llevaban una semana en Maldinia y esa noche tendría lugar el evento para colaborar con Manos que Ayudan.

Desde que volvieron de California una semana antes, habían seguido explorando el lado sexual de su relación con feliz abandono. Las noches estaban llenas de placer y los días...

No estaba tan segura sobre los días. Los dos estaban ocupados con las obligaciones de su agenda, pero tenían tiempo para estar juntos... si querían hacerlo. Sandro, sin embargo, no la buscaba. No habían vuelto a tener ninguna sesión de preguntas y respuestas y solo compartían su cuerpo por las noches. Pero no compartían sus corazones.

Era una ironía que ella quisiera eso. Se había casado con Sandro porque creía que sería un matrimonio de conveniencia, que no iba a involucrar su corazón. No había querido amor o intimidad, pero lo deseaba en aquel momento.

Y Sandro estaba apartándose. Había sentido que se apartaba desde que bajaron del avión en Maldinia. Al principio, pensó que estaba ocupado, pero después de una semana sabía que el trabajo no podía ser la única razón.

Había repasado mil veces en su cabeza lo que le

había contado de sí mismo, pero esas pocas frases apenas eran una pista.

«Mis padres eran hipócritas porque solo fingían querernos cuando había cámaras delante».

«Porque me creí las mentiras y, cuando supe que lo eran, no dije nada».

¿Qué significaba eso? ¿Y qué tenía que ver la falta de cariño de sus padres con su reticencia a ocupar el trono? A menos que encontrase asfixiante el ambiente de palacio.

Debía admitir que a veces también ella se sentía tensa, sobre todo cuando la reina madre estaba allí. ¿Pero alejarse de todo lo que había conocido durante quince años? Tenía que haber algo más en esa historia.

Quería saberlo, pero desde que volvieron al Maldinia, Sandro parecía haber dado marcha atrás.

¿Por qué no podía aceptar que lo que había entre ellos era suficiente? Era más de lo que había tenido nunca, más de lo que había querido desear.

Y, sin embargo, después de haber visto lo que podía tener, ya no era suficiente.

Intentó dejar de pensar en ello mientras se miraba al espejo una vez más. Llevaba un vestido verde esmeralda que había elegido con la ayuda de Demi, su estilista, y se preguntó qué pensaría Sandro del corte asimétrico que dejaba un hombro al descubierto. Llevaba el pelo sujeto en un moño alto, unos pendientes de diamantes y un collar a juego que había sido de su madre.

—Está muy guapa, Majestad —dijo Rosa, su doncella.

—Gracias.

¿Qué le parecería a Sandro su vestido?, volvió a

preguntarse mientras salía de la habitación. ¿Y qué pensarían los demás? Esa noche era importante para ella porque al fin iba a promocionar Manos que Ayudan. Y, sin embargo, en ese momento le importaba más lo que pensaría Sandro.

Quería esa intimidad de nuevo, esa proximidad que no era el sexo, aunque fuera asombroso, sino hablar en voz baja, reír como no lo habían hecho desde que volvieron de California.

Sandro estaba esperando al final de la escalera. Tenía un aspecto oscuro, peligroso y devastador con el esmoquin, el pelo echado hacia atrás, los ojos como plata bruñida.

–Estás preciosa. Ese color te sienta muy bien.

–Y tú haces cosas asombrosas por un esmoquin.

–A mí me gustaría hacerte cosas asombrosas –susurró él, mientras la ayudaba a bajar el último escalón.

–A mí también –dijo Liana–. Yo también tengo trucos en la manga.

Sandro sonrió, pero eso no era suficiente. El sexo no era suficiente, nunca lo sería. Pero no era el momento de decírselo. Tal vez esa noche volverían a hablar, volverían a conocerse el uno al otro...

–Por favor, lleva el collar de esmeraldas a mi estudio –Sandro se dirigía a un empleado de palacio, que de inmediato asintió con la cabeza.

–Muy bien, Majestad.

Liana tocó el collar que llevaba al cuello.

–Ya he elegido las joyas para esta noche.

–Ese collar es precioso, pero hay una pieza en la colección real que te quedaría mejor con ese vestido. ¿Te importa?

–No, claro que no.

Llegaron al estudio y, unos segundos después, el empleado entró con una caja de caoba y marfil cerrada con llave.

–Aquí está, Majestad.

–Gracias –Sandro esperó a que el hombre saliera del estudio para abrirla y Liana dejó escapar una exclamación al ver las joyas–. Son preciosas, ¿verdad? Supuestamente, una vez fueron de Napoleón.

–¿Las compró para Josefina?

–Josefina era su emperatriz y tú eres mi reina.

«Su reina». Esas palabras la emocionaron. Era suya, en cuerpo y alma, lo supiera él o no. Quisiera él o no.

–¿Puedo? –murmuró Sandro mientras sacaba el collar de su cama de terciopelo. Las esmeraldas, rodeadas de diamantes, reflejaban la luz como si dentro tuvieran fuego.

–Sí, claro.

Liana sintió un escalofrío mientras le ponía el collar, rozándola con los dedos. Se mordió los labios para disimular, pero notó que él contenía el aliento y se echó hacia atrás, apoyándose en su torso. Sandro la sujetó por los hombros y, por un momento, se sintió en paz, amada, protegida.

–Liana... –empezó a decir él, su voz como una caricia.

Pero no dijo nada más. Sencillamente, se apartó para sacar unos pendientes, una pulsera y una tiara de la caja.

–Nunca he llevado una tiara. ¿No es un poco exagerado? Es como si intentase parecer una princesa.

–No eres una princesa, eres una reina.

Liana tocó las piedras, deseando decirle que lo amaba. ¿Había estado él a punto de decir eso? No sabía si atreverse a soñar.

–Gracias –murmuró–. Son preciosas.

–Tú eres preciosa. Te quedan muy bien, como a una verdadera reina.

Sandro tenía el ceño fruncido. Había dicho que era su reina, pero no parecía saber si él quería ser su rey.

Sandro observaba a Liana en el salón de baile, donde tenía lugar el acto para promocionar Manos que Ayudan. Estaba hablando con varios dignatarios, con una copa de champán en la mano, tan resplandeciente como las esmeraldas que llevaba, las lámparas de araña reflejando el oro y plata de su pelo.

Estaba preciosa, cautivadora, como una reina.

Sandro vio a varios hombres mirándola con admiración y sintió una potente mezcla de celos, deseo y amor.

La amaba. No se lo había dicho y no quería decírselo. No solo porque ignoraba si Liana sentía lo mismo, sino porque no confiaba en sus propios sentimientos.

¿No se había equivocado antes? Aunque esos días en California habían sido maravillosos y sus noches juntos desde entonces cada vez más dulces, seguía sin saber si aquello era real.

El sexo era real. Real, crudo y potente. ¿Pero el amor? ¿Podía amarla en tan poco tiempo? ¿Qué había sido de la mujer fría y reservada? ¿Había cambiado de verdad, lo había hecho él?

Inquieto, tomó un sorbo de champán. Liana estaba en su elemento. Mientras hablaba sobre Manos que Ayudan, su postura era elegante, segura. Parecía más animada que nunca, incluso más que cuando estaba entre sus brazos. Por eso había querido casarse con él, aquello era lo más importante para ella.

Ser una reina.

Y aunque no debería molestarle, así era. Porque mientras Liana era una reina perfecta, él no se sentía así.

No merecía ser el rey de Maldinia.

«No he tenido alternativa. De haberla tenido, habría dejado que te pudrieras en California... o mejor, en el infierno».

Tantos meses después de la muerte de su padre, sus palabras aún tenían el poder de herirlo, de hacer que se cuestionase a sí mismo como había hecho tantos años antes. Su padre no lo había llamado porque quisiera una reconciliación, como él había creído ingenuamente.

No, le había pedido que volviera a Maldinia porque estaba desesperado, porque los medios habían descubierto que la historia de amor de Leo y Alyse era una farsa. Y él era su única oportunidad.

No había sabido nada de eso hasta que su padre murió, tres semanas después de haberlo llamado. El antiguo rey sabía que era un enfermo terminal y había querido solucionar el asunto de la sucesión antes de morir.

Pero quería que Leo fuese el rey.

Sandro miró a su hermano, que charlaba con un grupo de empresarios, con Alyse a su lado. ¿Sería Leo mejor rey que él?

Estaba seguro de que sí.

Y, sin embargo, desde que volvió no había protestado ni una sola vez. Se había apartado graciosamente, aceptando su puesto en el gabinete con una sonrisa. Tal vez se sentía aliviado.

Ninguno de los dos había querido seguir los pasos de su padre. Ninguno de los dos había querido la pesada carga de la corona.

Y, sin embargo, allí estaban.

Un empleado hizo sonar una campanita y todos los invitados quedaron en silencio mientras, con una sonrisa tímida, Liana se acercaba a un atril colocado en el centro del salón.

Sandro sintió admiración, amor y desesperación porque era demasiado buena para él, porque no creía que pudiese amarlo de verdad, a un hombre que había renunciado a sus obligaciones durante tanto tiempo. Un hombre que era un segundón.

—Gracias a todos por venir —empezó a decir Liana con voz musical.

Podría escucharla durante horas, semanas, toda su vida. Y los demás debían de pensar lo mismo porque se mantuvieron en silencio mientras hablaba de Manos que Ayudan y de lo que esa fundación significaba para ella.

No habló de su hermana, pero la pasión y la sinceridad que había en su voz era tan sorprendente, tan contagiosa que cuando terminó todos empezaron a aplaudir; un aplauso que no era solo amable, sino espontáneo y sincero.

¿Cómo podía amarlo esa mujer asombrosa?

Liana se movía entre la gente, charlando con unos y otros, pero Sandro sabía que estaba buscándolo a él, de modo que dio un paso adelante y sonrió mientras tomaba su mano.

—Bien hecho. Has hablado muy bien.

De inmediato vio que sus ojos se iluminaban. ¿Cómo había podido pensar que era una estatua de hielo? En ese momento le parecía real, vibrante, gloriosa. Y estuvo a punto de decir que la amaba.

A punto, pero no lo hizo porque, además de sus otros pecados, era un cobarde. No quería un silencio como respuesta.

Liana notó la preocupación de Sandro mientras se dirigían a su suite, en la zona privada del palacio. Era más de medianoche y todo estaba en silencio.

–Creo que todo ha ido bien, ¿no? –le preguntó mientras recorrían el pasillo.

–Muy bien –Sandro esbozó una sonrisa, pero su tono era frío.

–Gracias por organizarlo. Ha sido un detalle precioso.

–Era lo mínimo que podía hacer.

Sandro abrió la puerta del dormitorio que habían compartido desde que volvieron de California y Liana entró tras él, insegura porque no podía descifrar su estado de ánimo. Y empezaba a estar harta de hacerse preguntas, de preocuparse continuamente.

–Sandro...

Antes de que pudiese decir otra palabra, estaba entre sus brazos, la espalda contra la puerta, con Sandro besándola ansiosamente. Era un beso apasionado, pero había dolor en él. Aun así, se lo devolvió con la misma pasión, aunque sabía que fuera cual fuera el problema no iba a solucionarse con el sexo.

Tal vez Sandro no estaba de acuerdo. O tal vez el sexo era lo único que quería porque levantó su vestido para poner la mano sobre ella, las finas bragas de seda como única barrera entre los dos.

Liana tomó su cara entre las manos, intentando que la mirase a los ojos.

–Sandro, ¿qué te pasa? –susurró.

–Nada –respondió él, su voz cargada de deseo–. Te necesito, Liana. Te deseo ahora –Sandro levantó una de sus piernas para envolverla en su cintura y cuando volvió a besarla Liana cerró los ojos, dejándose llevar por las sensaciones.

También Liana lo deseaba y entendía que necesitaba aquello, que la necesitaba a ella. Y tal vez eso sería suficiente, al menos por el momento.

De modo que le echó los brazos al cuello, apretándose contra él, sintiéndolo dentro, tan profundo, abrumador y maravilloso como siempre. Recibía sus embestidas murmurando su nombre, echando la cabeza hacia atrás para gozar del encuentro.

Después, mientras sus corazones volvían a latir a ritmo normal y el sudor corría por su piel, Sandro susurró:

—Te quiero.

Liana sintió que una frágil felicidad emergía de entre aquel tumulto de emociones, como el primer capullo en primavera, tierno y nuevo.

—Yo también te quiero —susurró, apartando el flequillo de su frente.

Ninguno de los dos dijo nada más y, aunque estaban uno en brazos del otro, Liana se preguntó por qué aquella confesión de amor que tanto había anhelado la hacía sentir más triste que nunca.

Capítulo 10

SANDRO miraba las cartas que su secretaria le había dado para firmar, pero las palabras eran un borrón y tuvo que frotarse los ojos. Había estado trabajando en su estudio durante todo el día, revisando planes fiscales, recortes en los presupuestos, preparando la reunión con su gabinete al día siguiente...

Podía ver la marca de Leo en todo lo que leía, desde la propuesta para ampliar la conexión de banda ancha a todo el país, algo en lo que su hermano estaba tan interesado como él, hasta el necesario recorte de gastos en el palacio. Leo prefería quedarse sin algunos lujos antes que hacer recortes que afectasen al pueblo.

Sería un buen rey, pensó Sandro, y no por primera vez. Si la prensa no hubiera descubierto que su matrimonio con Alyse era una farsa, su hermano habría sido un gran rey. Y lo habría sido porque él se habría quedado en California. Su padre no lo habría llamado para que volviese a Maldinia, él no habría vuelto y no se habría casado con Liana...

Después de dar un golpecito en la puerta, Leo entró en el estudio.

—Me iba a casa, pero antes quería preguntar si me necesitas para algo.

—No, creo que lo tengo todo listo para mañana —Sandro señaló los papeles que estaba estudiando—. Veo que has hecho un buen trabajo.

Su hermano se encogió de hombros.

–Era mi obligación.

Había sido su obligación durante quince años.

–Lo has hecho muy bien.

–Gracias.

Sandro creyó notar cierto tono de amargura en la voz de su hermano y sintió una punzada de pena. Una vez, de niños, eran inseparables, pero desde que volvió a Maldinia estaban distanciados y no sabía qué hacer para solucionarlo.

Miró los papeles de nuevo, deseando encontrar las palabras, tener el coraje de decirlas.

–Sandro, ¿ocurre algo entre Liana y tú?

–¿Por qué lo preguntas?

Su hermano se encogió de hombros.

–Porque sé que el vuestro es un matrimonio de conveniencia y, sin embargo, he visto cómo la miras, cómo os miráis. Ahí hay algo, estoy seguro.

–Estamos casados, por su puesto que hay algo.

–¿Estás enamorado de ella?

Sandro tuvo que tragar saliva.

–Eso es algo entre Liana y yo, ¿no te parece?

–Lo siento, no era mi intención molestarte –Leo dejó escapar un suspiro–. Solo quiero que seas feliz.

–Y desde que te has enamorado, quieres que todo el mundo se enamore, ¿no?

–Algo así, supongo.

–No te preocupes por Liana y por mí. Estamos bien –Sandro hablaba con una convicción que no sentía.

Su matrimonio funcionaba en la cama, pero nada más. Podía haber sido sincero y vulnerable en California, ¿pero allí, con tantos malos recuerdos? ¿Cuando el miedo a no merecer todo aquello, de no estar a la altura, lo ahogaba?

No podía. Allí no, aunque en un momento de debilidad le hubiese dicho que la amaba.

—Me alegro —dijo Leo—. En fin, buenas noches.

—Buenas noches.

Sandro salió del estudio unos minutos después. Liana y él tenían una cena oficial en la embajada italiana esa noche, pero quería hablar con ella antes de irse. Aunque no sabía qué iba a decirle.

La encontró en la habitación que usaba como estudio, repasando el calendario de actos con su secretaria, las dos con la cabeza inclinada, sonriendo y charlando.

—Ah, hola, Sandro. Estamos repasando la agenda y veo que tengo una semana muy ajetreada.

Su secretaria, Christina, se excusó discretamente y Sandro cerró la puerta.

—¿Qué tienes que hacer?

—A ver... —Liana miró el papel—. El lunes tengo que visitar el ala de pediatría del hospital de Averne, el martes un almuerzo con los directores de una fundación para mayores discapacitados, el miércoles, visita a un colegio, el jueves voy a inaugurar una fuente en los jardines de la ciudad... —entonces levantó la mirada, con los ojos brillantes—. Sé que no estoy inventando una cura para el cáncer ni nada parecido, pero me gusta sentirme útil.

—Supongo que te habrás sentido útil otras veces, trabajando para Manos que Ayudan.

—Sí, es verdad —Liana lo pensó un momento—. Pero a veces me dolía trabajar allí. Me recordaba demasiado a... mi hermana.

—¿La echas de menos?

—Todos los días.

—Imagino que debe de ser muy duro. Yo no sabía

que alguien pudiese morir durante un ataque de epilepsia.

–No suele ocurrir.

–¿Entonces Chiara tuvo mala suerte?

Por alguna razón, esa pregunta hizo que Liana se quedase inmóvil, como si se hubiera vuelto de piedra.

–Sí –respondió por fin–. Tuvo muy mala suerte.

El brillo alegre en su mirada había desaparecido y Sandro se sintió culpable por hablar del tema. Solo intentaba conocerla, saber más de ella. Acercarse más.

–Siento haber sido un poco distante estos días –dijo abruptamente. Y Liana levantó la cabeza, sorprendida.

–Al menos te has dado cuenta.

–Imagino que tú también.

–Sé que hemos estado... bueno, las noches son... –Liana rio entonces, un poco nerviosa–. Ya sabes lo que quiero decir.

–Desde luego que sí.

–Pero no hemos vuelto a hablar de verdad, como en California.

En la cama, no solo desnudando sus cuerpos, sino sus almas.

–Volver al palacio siempre me trae malos recuerdos. Es difícil luchar contra eso.

–¿Qué malos recuerdos?

Sandro se pasó una mano por la cara, las palabras quemando en su pecho, en su garganta. ¿Qué podía admitir? ¿Qué podía confesarle?

–Cuando era niño, mi padre era mi héroe. Algo ridículo porque tú sabes tan bien como yo que no había nada heroico en él –empezó a decir Sandro.

–Pero tú eras un niño.

–Seguí creyéndolo hasta los dieciocho años. Insistí

en creerlo, aunque los chicos del internado bromea-
ban sobre él y los periódicos hablaban de sus aventu-
ras amorosas, del dinero que malgastaba –Sandro sacudió la cabeza–. Me convencí a mí mismo de que lo
hacían por celos o porque querían causar problemas.
Insistí en creer que era un buen hombre cuando todo
me decía lo contrario.

–Pero no debes avergonzarte de eso –dijo Liana–.
Estabas dispuesto a creer lo mejor de él porque lo
querías mucho.

–Quería creer que la razón por la que apenas lo
veía era que estaba ocupado con las labores de su
cargo, no porque yo le importase un bledo. No porque
prefiriese acostarse con mujeres y gastar dinero a manos llenas por toda Europa antes que pasar tiempo
con su hijo –Sandro jadeaba; la vieja rabia, el viejo
dolor tan profundos que apenas podía respirar.

Lo avergonzaba tanto seguir sintiéndose dolido
después de tanto tiempo.

Liana se levantó para abrazarlo, como si siguiera
siendo ese niño desesperado y decepcionado...

Y tal vez lo era.

–¿Cuál fue la gota que colmó el vaso? –le preguntó ella.

–¿A qué te refieres?

–¿Qué hizo que te marchases de Maldinia?

Sandro intentó llevar oxígeno a sus pulmones.

–Descubrí la verdad sobre él cuando tenía dieciocho años, en la universidad. Entonces empecé a hacerme preguntas, a tener dudas.

Liana asintió con la cabeza.

–Te entiendo.

–Una tarde, su secretario privado llamó para pe-
dirme que firmase un papel diciendo que mi padre ha-

bía ido a visitarme esa semana cuando no era verdad. No tenía sentido para mí, pero lo firmé. Fue entonces cuando empecé a tener serias dudas y cuando volví al palacio le pregunté por qué había tenido que firmar ese papel –Sandro se quedó callado un momento, recordando la expresión impaciente de su padre–. Por lo visto, había estado con su amante, una chica joven, y habría un escándalo si la prensa se enteraba. Me contó todo eso como si fuera lo más normal del mundo, sin el menor remordimiento. Imagino que fue entonces cuando empecé a abrir los ojos, pero no lo creí hasta tres años después. Tres años soportando sus mentiras, colaborando con sus historias, engañando a la prensa, al pueblo, a mí mismo.

–¿Y entonces?

–Y entonces... –le había contado más a Liana que a nadie y, sin embargo, no quería revelarlo todo. Revelarse a sí mismo y sus propias debilidades–. Y entonces no pude soportarlo más. Odiaba en lo que me había convertido y le dije que renunciaba a mi herencia y a mi título. Que quería abrir mi propio negocio y tener mi propia vida. Pero lo curioso es que no lo decía de verdad.

Liana lo miró, sorprendida.

–¿No?

–No, solo quería presionarlo. Esperaba ruegos por su parte, que admitiera que me quería y que todo era un error y... yo qué sé –Sandro dejó escapar un suspiro mientras se pasaba una mano por la cara–. Qué estúpido fui.

–Yo no creo que fueras estúpido. Desesperado tal vez.

–Muy bien, desesperado. Desesperado y engañándome a mí mismo hasta el final porque, por supuesto, no conseguí nada de eso. Mi padre se rio en mi cara, diciendo que tenía otro hijo que podría cumplir con su deber mejor que yo.

Y por eso se había ido, orgulloso, desafiante, dolido. Se había ido y había permanecido lejos de Maldinia durante quince años para volver porque su padre por fin había visto la luz. Por fin iba a admitir que lamentaba lo que había pasado, que se había equivocado, que lo quería.

Bla, bla, bla.

No había ocurrido nada de eso, por supuesto. Pero ya le había contado a Liana suficiente y no quería admitir nada más.

—Lo siento —susurró ella.

—Yo también —dijo Sandro, besándola porque necesitaba olvidar el dolor, la rabia, la decepción.

Y ella lo hizo olvidar. En los brazos de Liana no se sentía triste ni necesitado como un niño. No era un hombre atormentado por el sentimiento de culpa. No se sentía como un rey que no merecía la corona.

Se sentía como un hombre con una mujer maravillosa.

Y eso era todo lo que quería ser.

Esa noche, en la cama, con el brazo de Sandro sobre su estómago, Liana pensó que los fantasmas de su pasado empezaban a esfumarse.

¿Pero y los suyos?

Recordó la inocente pregunta de Sandro...

«¿Entonces Chiara tuvo mala suerte?».

No le había contado toda la verdad. Chiara había tenido mala suerte porque su hermana se quedó paralizada de miedo cuando más la necesitaba.

Una parte de ella quería contarle la verdad. Quería que la supiera y la aceptase, pero tenía demasiado miedo. No había garantías de que la amase si supiera cómo le había fallado a la persona que más quería.

Sus padres no la habían aceptado. Su padre no había hablado con ella durante meses tras la muerte de Chiara. Incluso en aquel momento, tantos años después, no la miraba a los ojos cuando hablaba. Y jamás le mostraba afecto. Nunca habían sido una familia especialmente cariñosa, pero desde la muerte de Chiara su padre no había vuelto a darle un beso, un abrazo.

¿Y podía criticarlo por ello?

Era una hipócrita por querer conocer los secretos de Sandro mientras se guardaba los suyos, pensó. Si ella era capaz de amarlo a pesar de todo, ¿por qué no podía él hacer lo mismo?

«Porque tus secretos son peores, tu pecado mayor».

Y, sin embargo, no contárselo, esconder esa parte de su vida, era como un cáncer que se la comía por dentro.

¿Cómo podía esconderle algo tan importante?

Capítulo 11

SANDRO intentaba escuchar a uno de los miembros de su gabinete, pero su voz era como el zumbido de una abeja que se hubiera colado en el palacio. Llevaban tres horas encerrados allí y apenas había sido capaz de entender una palabra.

Y todo por Liana.

Desde que le había contado la verdad sobre sí mismo sentía como si estuvieran más cerca que nunca. La amaba y que ella también lo amase era como un milagro.

Una bendición.

Y, sin embargo, de cuando en cuando veía una sombra en sus ojos. Seguía pensando que le ocultaba algo, una parte de ella, pero no quería presionarla. No quería exigir respuestas que tal vez Liana no estaba dispuesta a darle. Después de todo, tenían tiempo. Su amor era nuevo, frágil. Y él no estaba dispuesto a ponerlo a prueba.

Tenían tiempo.

—¿Majestad?

Haciendo un esfuerzo, Sandro intentó concentrarse en la conversación sobre política doméstica.

—¿Sí?

El hombre se aclaró la garganta.

—Estábamos hablando sobre el recorte de gastos que ha propuesto el príncipe...

Sandro miró la larga lista de cifras, sorprendido. ¿No era una proposición del ministerio correspondiente?

–¿Leo ha hecho este presupuesto? ¿Cuándo?

Los miembros del gabinete miraron a su hermano, sentado al final de la mesa, y Sandro sintió como si se hubiera quedado sin oxígeno.

–Hace un año.

–Un año –repitió Sandro. Cuando Leo pensaba que sería el rey de Maldinia–. No sabía que te hubieras tomado tanto interés por las tareas de Estado.

Entonces su padre estaba vivo y Leo esperando con desgana ocupar su puesto. O eso había creído él.

Tal vez no existía tal desgana. Tal vez Leo de verdad había soñado ser el rey de Maldinia.

–Por supuesto que me he tomado interés en las tareas del Estado –dijo su hermano–. Quería estar preparado.

–Para cuando fueses rey –dijo Sandro.

–Sí.

Los miembros del gabinete estaban en silencio, expectantes.

¿Por qué no se lo había dicho? ¿Por qué se lo había guardado como un maldito secreto que solo conocía él?

–Tal vez debería revisar esta propuesta con más atención –dijo Sandro un segundo después–. Me gustaría saber de qué se trata.

–Por supuesto. Le pediré a mi secretario que lleve todos los documentos a tu estudio.

La mirada que intercambiaron estaba llena de tensión, casi de hostilidad. Sandro fue el primero en apartarla, buscando otros papeles para continuar la reunión.

Tres horas después, estaba en el estudio de su padre, mareado por lo que había descubierto. Por lo que no sabía, aunque debería haberlo sabido.

Durante quince años, Leo había creído que sería el rey de Maldinia. Él estaba fuera, desheredado, olvidado, y su hermano se había preparado para ocupar el trono. Y entonces él apareció de nuevo...

Sandro se echó hacia atrás en el sillón, con la cabeza entre las manos. Había leído las propuestas de Leo: años de planes industriales bien pensados, normas económicas sobre energía, gastos y recortes. Tras el anticuado y desinteresado reinado de su padre, Leo quería modernizar Maldinia, colocar al país en primera línea.

Hasta que él volvió y se lo arrebató todo.

Empezaba a entender la frialdad de su hermano, el hermano al que había querido de niño más que a nadie. El hermano para quien él era un héroe antes de que se marchara porque estaba furioso y dolido por el rechazo de su padre.

El hermano, pensó, que sería un rey fabuloso de Maldinia.

Mejor que él.

¿Por qué nunca le había hablado de sus ambiciones, de sus planes? Cuando volvió a Maldinia, Leo no había formulado una sola protesta. Se había apartado tan rápido que pensó que su regreso era un alivio para él. Había proyectado sus sentimientos en Leo sin pensar siquiera en cómo habría cambiado su hermano en quince años.

Sin embargo, el miedo a que Leo fuese mejor rey que él, que lo mereciese más que él, siempre había estado ahí, en un rincón de su cerebro.

¿Qué iba a hacer?

Debería apartarse, renunciar al trono y dejar que Leo ocupase el puesto para el que se había preparado durante tantos años. El puesto que merecía. El gabinete lo aprobaría, su respeto y admiración por él eran evidentes.

Y si Leo era el rey... entonces él sería libre, como siempre había querido. Podría volver a California, retomar las riendas de TD, ser su propia persona, vivir su propia vida.

¿Por qué se le encogía el estómago al pensar eso?

Sabía por qué: por Liana. Liana se había casado con él para convertirse en reina. Los sentimientos que habían nacido entre ellos desde entonces no importaban. No podía escapar a esa verdad. Su matrimonio era el de un rey y una reina, basado en la conveniencia y el deber, no el matrimonio de un hombre y una mujer enamorados, aunque él lo desease. Aunque eso le hubiese parecido durante las últimas semanas.

Semanas. Solo llevaban unas semanas juntos. Contra los quince años que Leo había trabajado por su país...

En ese momento sonó un golpecito en la puerta y Sandro levantó la cabeza.

—Entra.

Leo estaba en la puerta del estudio.

—Quería...

—¿Por qué no me lo habías dicho?

—¿Decirte qué?

—Cuánto habías trabajado estos últimos quince años.

Su hermano enarcó una ceja.

—¿Creías que había estado de brazos cruzados?

—No, pero... —Sandro sacudió la cabeza—. Pensé que... no sé lo que pensé.

—Exactamente —dijo Leo. Y Sandro se dio cuenta

de que tras la actitud resignada de su hermano latía una rabia a la que estaba dando voz en ese momento–. No pensaste. No has pensado en mí en quince años. No pensaste en mí mientras vivías en California y no has pensado en mí al volver a Maldinia.

–Eso no es verdad. He pensado mucho en ti.

–¿De pasada? –replicó Leo, irónico–. ¿Un momento, de vez en cuando? Ni siquiera te despediste de mí.

Sandro bajó la mirada. No más excusas.

–Lo siento –se disculpó–. Debería haberlo hecho todo de otra manera.

–¿Por qué te marchaste? –le preguntó Leo entonces–. ¿Todo esto era demasiado para ti?

–Podríamos decir que sí. Sentía que iba a perder mi alma si me quedaba un minuto más. Todas las mentiras, Leo, los fingimientos. No podía soportarlo.

–Yo tampoco.

–Lo sé –Sandro contuvo el aliento–. Y siento mucho si pensaste que te dejaba atrás. Pero cuando padre me desheredó... bueno, entonces no tuve otra opción. No había sitio aquí para mí.

–Solo te desheredó porque le dijiste que te ibas.

–Estaba tirándome un farol –le confesó Sandro, sintiendo una presión en el pecho–. Estaba intentando que admitiese... Dios, ni siquiera sé qué quería que admitiese. Que me necesitaba, que me quería. Una estupidez, ya lo sé.

No podía mirar a Leo, no quería ver compasión o desprecio en los ojos de su hermano.

–No fue una estupidez. Tal vez una ingenuidad creer que en padre pudiera haber algo bueno. Era el hombre más egoísta que he conocido nunca.

–Pero yo no me di cuenta de eso hasta que cumplí los dieciocho años. Tú lo supiste desde siempre, ¿verdad? Y yo insistía en pensar que era una buena persona, que me quería.

Su hermano se encogió de hombros.

–Yo siempre fui más cínico que tú.

–Lo siento –volvió a disculparse Sandro, sintiendo la pena y el remordimiento con todas las fibras de su ser–. Debería haber hablado contigo, haberte explicado lo que pasaba. Y cuando volví a Maldinia, debería haberte preguntado si querías ocupar el trono...

–No es un juego ni un paquete –lo interrumpió Leo–. Tú eras el hermano mayor y padre te eligió a ti. Nunca quiso que yo fuese el rey de Maldinia.

Sandro negó con la cabeza.

–Eso no es verdad. Era a mí a quien no quería en el trono.

Su hermano soltó una amarga carcajada.

–¿Ah, no? ¿Por qué crees eso?

–Me lo dijo cuando amenacé con marcharme. Dijo que le daba igual que me fuera porque tenía otro hijo que podría hacerlo mejor que yo.

Leo lo miró en silencio durante largo rato.

–Nunca actuó como si lo creyera. Siempre me decía que era un segundón, que solo ocuparía el trono porque tú te habías ido y que me soportaba porque tú no estabas en el país.

–Qué canalla.

–Lo sé.

Se quedaron callados un momento, pero la hostilidad y la tensión de unos minutos antes había desaparecido.

–Cuando volví... –siguió Sandro. Le dolía decirlo, pero sabía que su hermano necesitaba escucharlo– me dijo que te prefería a ti como heredero. Que solo me había llamado por el fiasco de tu historia con Alyse.

–Estaba buscando una excusa para hacerte volver.

–No lo sé –Sandro se echó hacia atrás, cansado y disgustado al pensar en cómo su padre los había manipulado a los dos–. Todo es tan absurdo. ¿Por qué quería que los dos nos sintiéramos como segundones? ¿Qué conseguía con ello?

–Nada, era un hombre débil y quería que nosotros también lo fuéramos. La fortaleza de carácter lo asustaba. Si uno de nosotros era un rey decente, su legado quedaría aún peor.

–Tú serías un buen rey, Leo. Da igual lo que pensara nuestro padre.

Su hermano se encogió de hombros.

–Habría cumplido con mi deber, como estás haciendo tú.

–Ojalá hubiera sabido...

–Nunca me preguntaste.

–Lo sé.

Su debilidad lo avergonzaba. No había querido preguntar porque no quería saber, daba igual lo que dijese. No había querido reconocer que él no merecía el título, pero su hermano sí.

–Me avergüenzo de mí mismo, Leo. Me avergüenzo por haberme marchado de aquí hace quince años, por no haber sido lo bastante fuerte como para quedarme. ¿Qué clase de rey actúa así?

–A veces se demuestra más fortaleza dando un portazo.

–A mí no me lo pareció.

–Hiciste lo que debías hacer. No tiene sentido remover esas cenizas ahora. El pasado es pasado.

–No, no lo es. Aún no.

–¿Qué quieres decir?

Sandro miró a su hermano a los ojos.

–Tú deberías ocupar el trono.

–Yo...

–Yo no debería haber vuelto –siguió él–. Si no lo hubiera hecho, tú serías el rey. Todos esos planes, todas esas propuestas, tienes que hacerlas realidad.

Leo volvió a encogerse de hombros, pero había un brillo en sus ojos. No se equivocaba, su hermano quería ocupar el trono. Y debería hacerlo.

–Dime que no quieres ser rey. Es para lo que te has preparado durante todos estos años, la mitad de tu vida. Es lo más natural.

–Muy bien, de acuerdo –admitió Leo–. No es fácil olvidar ciertas expectativas, ciertos sueños. Pensé que sería el rey y quería ser el mejor rey posible. Y entonces, de repente, ese sueño me fue arrebatado. No voy a fingir que no me dolió, pero ya no importa.

–Debería abdicar –dijo Sandro entonces–. Abdicar y dejar que tú ocupes el trono como te corresponde.

Leo enarcó las cejas.

–No hablarás en serio.

–Solo llevo seis meses siendo el rey. La gente no me conoce salvo como el hermano que se marchó. El hijo pródigo. No sé cómo no le he visto antes. Supongo que estaba demasiado cegado por mi propia angustia, por mi propia inseguridad. Pero es lo más sensato, Leo. Tú sabes que es así.

–Deja de decir tonterías.

–No son tonterías.

–¿Tú quieres abdicar?

En el tono de su hermano había curiosidad, pero también cierta ilusión, aunque insistiera en negarlo.

–Por supuesto que sí. Es lo que debo hacer. Tú serás un buen rey y, además, yo nunca he querido serlo –sentía como si las palabras le arrancasen parte de su alma, de su corazón. Y, sin embargo, sabía que era lo que debía decir, aunque eso significase perder a Liana. Su hermano merecía ocupar el trono.

Y él merecía aquello.

Sandro se levantó pesadamente del sillón.

–No creo que tarde mucho en poner todo este asunto en movimiento.

–Espera, piénsalo bien. No tomes una decisión así a la ligera.

–No es una decisión tomada a la ligera. Es obvio para mí y creo que para ti también.

Su hermano sacudía la cabeza, pero había un brillo en sus ojos que ninguno de los dos podía negar. Quería aquello, por supuesto que sí.

Sonriendo, Sandro puso una mano en su hombro.

–Me alegro por ti –le dijo, antes de salir del estudio.

Liana, con un amplio vestido de noche y un broche de plata al hombro, se miraba al espejo con expresión incierta.

Cuando oyó que se abría la puerta de la habitación, esbozó una sonrisa al ver a Sandro.

–Ah, por fin. Debemos estar en el Museo de Bellas Artes en una hora para la inauguración de la nueva sala. Pero no sé si me gusta el vestido... ¿no parezco Cenicienta?

–Una comparación muy adecuada –dijo Sandro.

Liana rio, sacudiendo la cabeza.

–¿Por qué?

–Ella encontró a su príncipe en el baile, ¿no? Y luego lo perdió.

Por primera vez desde que entró en la habitación, Liana notó que su tono era triste, frío.

—¿Qué ocurre?

Él se encogió de hombros.

—Nada en particular.

—Pero actúas de forma extraña.

—Hoy me han abierto los ojos.

—¿Ah, sí? —Liana lo miraba, esperando que explicase lo que había querido decir. No lo había visto tan serio desde que eran dos extraños hablando de un matrimonio de conveniencia—. ¿Quién te ha abierto los ojos?

—Los detalles no importan, pero ha hecho que me dé cuenta... —Sandro se detuvo abruptamente y su expresión de angustia hizo que Liana diese un paso adelante.

—¿Qué ha pasado?

—He decidido abdicar.

Ella lo miró, atónita. No, más que eso, horrorizada.

—¿Abdicar? —repitió, su voz apenas un susurro—. ¿Pero... por qué?

Sandro sintió que se le encogía el corazón y tuvo que hacer un esfuerzo para hablar. Parecía desolada porque no iba a ser reina.

—¿Eso importa?

—Pues claro que importa.

—¿Por qué?

La pregunta salió de su alma. Esperaba de todo corazón que sonriera, que le dijese que no importaba, que lo seguiría a cualquier sitio, que lo amaba sin trono y sin corona.

¿Pero por qué iba a decir eso? Estaba claro que no era lo que sentía.

Liana lo miró, en silencio, sacudiendo la cabeza.

—Porque tú eres el rey, Sandro. Y yo soy tu esposa.

—Mi reina.

–Sí, tu reina. No puedes dejar todo eso atrás...

–Pero lo he hecho antes, como tú me recordaste.

–¿Cuándo fue la última vez que dije eso?

–¿Lo has olvidado?

–¡No tengo amnesia! No es algo que pueda olvidar.

–Exactamente.

–Parece tan repentino, tan súbito...

–Y, evidentemente, la idea no te gusta –dijo él, sin poder disimular su decepción.

–Pues claro que no. Estábamos empezando a hacer una vida aquí, una vida en la que pensé que eras feliz...

–Ser rey no es mi vida. No soy yo –la interrumpió Sandro.

Esas palabras habían estado en su corazón durante toda la vida. ¿No había querido que sus padres, sus amigos, todos vieran que era algo más que un título? ¿No había querido que alguien, una sola persona, lo viera por sí mismo y no como el futuro heredero de un trono?

Estaba claro que Liana no lo veía así.

–Pero está claro que tú no sientes lo mismo.

–¿Qué quieres decir?

–Nuestro matrimonio ya no tiene mucho sentido, ¿no? Si yo no soy el rey, tú no serás la reina.

–Cierto –murmuró Liana. Parecía haberse puesto la máscara que él conocía tan bien, la que reconocía de su primer encuentro en el palacio.

–Y, si nuestro matrimonio ya no tiene sentido –siguió Sandro–, tampoco lo tiene que sigamos juntos.

La expresión de Liana seguía siendo de hielo.

«Maldita sea, di algo, dime que no, lucha por nosotros».

Prácticamente estaba suplicándole que lo aceptase, que lo quisiera. Y, por supuesto, Liana no dijo nada.

Aun así, quería tomarla entre sus brazos, besarla hasta que respondiera como había hecho cuando se conocieron. Quería exigir que admitiera que esos días juntos habían sido auténticos, que podría haber más. Que podría amarlo aunque no fuese el rey de Maldinia.

Pero ella no dijo nada y, dejando escapar un suspiro de angustia, Sandro salió de la habitación.

Liana se quedó donde estaba, inmóvil, viendo cómo cerraba la puerta. Se había ido. En unos segundos, todas sus esperanzas habían sido destruidas.

Como antes.

Como cuando Chiara se ahogó mientras ella miraba sin hacer nada. Incapaz de hacer nada. Esa falta de acción la perseguiría durante toda su vida.

¿No había aprendido nada en los últimos veinte años? De nuevo, había dejado que la inacción la destruyera. Había visto en la expresión de Sandro que quería algo de ella... ¿pero qué? No sabía qué era y, mientras se quedaba parada, Sandro había salido de la habitación.

De su vida.

Como si pensar eso la pusiera en marcha, Liana se dirigió a la puerta y la abrió de un tirón. Sandro estaba a mitad del pasillo, la espalda recta y orgullosa mientras se alejaba.

—¡Espera! —gritó.

Él se dio la vuelta.

—No creo que tengamos nada más que decirnos.

—¿Ah, no? —exclamó Liana, levantando el pesado vestido para acercarse a él—. ¿Acabas de soltar una

bomba y crees que no tienes nada más que decirme?
–le temblaba la voz y tenía los ojos empañados, aunque no sabía si de pena o de rabia–. Dijiste que me
querías, Sandro. ¿Era mentira?

–Tú dijiste lo mismo –respondió él, con frialdad.

Liana lo miró, intentando entender qué lo había
empujado a tomar aquella decisión.

–Creo que lo entiendo –dijo por fin–. Es otro ultimátum.

–¿Qué?

–Como hiciste con tu padre.

–No...

–¿No qué? ¿No quieres que diga la verdad? Ame-
nazaste a tu padre con marcharte hace quince años
porque querías que admitiese que te quería y no lo
hizo. Te fuiste porque te decepcionó y ahora estás haciendo lo mismo. Me amenazas con...

–No era una amenaza.

–Tal vez tú piensas que no lo es, tal vez estás considerando seriamente abdicar, pero no has venido a mí
como marido, Sandro. Ni como amante o como amigo.
No me has pedido que me siente para contarme lo que
estás pensando o por qué, no me has pedido opinión.
Sueltas esa bomba y luego te marchas sin darme
tiempo a pensar.

–Tu repuesta era evidente...

–¿Ah, sí? Si no recuerdo mal, no he dicho nada.
Estaba intentando entender qué había pasado, pero tú
has decidido que ese momento de vacilación significa
que no te quiero si no eres rey.

Sandro se cruzó de brazos.

–Tú dejaste bien claras las razones para este matrimonio. Querías ser reina...

–¿Vas a echarme eso en cara después de todo lo

que hemos dicho, lo que hemos hecho, lo que hemos sentido el uno por el otro? –Liana sacudió la cabeza, con un nudo en la garganta–. Maldito seas, Sandro. Maldito seas por pensar solo en tus sentimientos y no en los míos.

–¿Entonces lo niegas?

–¿Negar qué?

–Que te casaste conmigo para ser reina.

–Claro que no. Por eso decidí casarme contigo, nunca lo he ocultado. Había muchas razones para tomar esa decisión, pero lo que intento decir, lo que pensé que tú ya sabías, es que he cambiado. Como creí que habías cambiado tú –Liana tragó saliva, angustiada–. Pensé que eras un canalla sin corazón cuando te conocí y eso es lo que pareces ahora mismo.

Sandro se echó hacia atrás, como si lo hubiera abofeteado.

–¿Cómo...?

–Nunca te he hablado de la muerte de Chiara –lo interrumpió ella.

–Dijiste que se había ahogado.

–Sufrió un ataque de epilepsia y se ahogó con su propio vómito, pero lo que no te conté es que yo estaba allí, con ella. Mis padres habían salido y la niñera estaba ocupada. Yo estaba sola con ella en la habitación y la vi ahogarse... y no pude hacer nada para ayudarla. No podía hablar, no podía moverme. Mi hermana murió delante de mí –Liana hizo un esfuerzo sobrehumano para seguir–. Debería haber llamado a alguien, pero me quedé pegada al suelo, muerta de miedo –sintió que se le rompía el corazón al recordar la mirada angustiada de Chiara–. Cuando por fin pude moverme, era demasiado tarde.

Había corrido hacia ella para darle la vuelta y limpiar su boca con los dedos, sollozando, llamándola a gritos. Pero era demasiado tarde.

Liana intentó llevar oxígeno a sus pulmones.

—Es como si la hubiese matado yo misma y lo lamentaré durante el resto de mi vida —se dio cuenta entonces de que las lágrimas rodaban por su rostro, pero le daba igual—. Y cuando has lanzado ese ultimátum he vuelto a quedarme paralizada. No podía hablar, no podía moverme. Pero no voy a pasar por lo mismo, Sandro. Entonces no tuve coraje o presencia de ánimo para hacer nada, pero... —Liana dio un paso adelante para clavar un dedo en su torso—. Te quiero y tú me quieres a mí. Al menos, espero que así sea.

Sandro sacudió la cabeza.

—¿De verdad crees que algo así me haría cambiar de opinión sobre ti?

—No lo sé. Hizo que mis padres me viesen de otra manera. Nunca se recuperaron, ni ellos ni yo. He pasado los últimos veinte años de mi vida disculpándome por lo que pasó, viviendo en un vacío para no sentir porque sentir significaba sufrir.

—Liana...

—De modo que nos queremos —lo interrumpió ella—. Yo no sé mucho sobre el amor, pero sé que cuando amas a alguien crees lo mejor de esa persona. No esperas que te defraude, no la colocas en situaciones en las que pueda fracasar. Tal vez hayas buscado cariño durante toda tu vida porque no lo recibiste de tus padres, pero tampoco lo he recibido yo. Mi padre apenas me mira desde que murió Chiara... pero hasta yo sé que no vas a encontrar el amor cuando actúas como si supieras que va a defraudarte. Cuando no confías en la persona a la que amas —Liana tragó saliva—. Crees que te he decepcionado por no decir algo cuando tú

querías que lo dijera, ¿pero sabes una cosa, Sandro?
Eres tú quien me ha decepcionado a mí.

Después de sacudir la cabeza en un gesto desesperado, Liana volvió a la habitación, alejándose de él.

Capítulo 12

HABÍA cometido un error, un grave error. Era casi medianoche y Sandro estaba en su estudio, mirando al vacío.

Todo lo que había dicho Liana era cierto.

Le había dado un ultimátum, la había puesto a prueba para comprobar si sus sentimientos eran sinceros. Era una arrogancia insoportable por su parte.

Y aunque él no había tenido valor para ser sincero con ella, Liana sí lo había sido sobre la muerte de su hermana.

Era un imbécil.

Había tardado diez segundos en darse cuenta de que estaba equivocado, pero diez segundos demasiado tarde porque ella ya había cerrado la puerta de la habitación y se negó a abrir cuando suplicó que lo dejase entrar.

Odiaba suplicar amor o el simple afecto de sus padres. Odiaba que de niño siempre hubiera intentado que su padre se fijase en él, pero le daba igual lo patético que pareciese en ese momento. Se pondría de rodillas para suplicarle a su mujer que lo perdonase si hacía falta; solo quería que le diese otra oportunidad.

Oyó que se abría la puerta del estudio y se volvió, con la esperanza de que fuese Liana.

Pero era Leo.

—Sandro, ¿qué demonios has hecho?

—¿A qué te refieres?

—La mitad del palacio ha oído a Liana gritándote. Y ella no grita nunca.

—Le he dicho que voy a abdicar.

Su hermano lo miró en silencio durante unos segundos.

—Serás idiota.

—Lo sé.

—No quiero que abdiques, Sandro. Yo no quiero ser rey.

—¿Cómo que no? Lo he visto en tus ojos...

—Sí, hay una parte de mí que quiere serlo. Me siento un poco decepcionado, es verdad, pero se me pasará. Soy un adulto y tú también. Y llevas seis meses trabajando como un loco para demostrar que puedes ser un buen rey. Y lo eres, Sandro. Tú eres el único que no se da cuenta.

—No, no me doy cuenta —admitió él.

—¿Y por qué? ¿Por qué crees que no eres un buen rey?

Sandro tardó un momento en responder. Admitir la verdad, especialmente delante de Leo, que una vez lo había idolatrado, era muy doloroso.

—Porque renuncié a mis responsabilidades. Me marché de aquí.

—Y volviste.

—Después de quince años.

—¿Es que hay un tiempo límite? Y marcharte era lo único que podías hacer —la voz de Leo estaba cargada de emoción—. Eso es lo que creo, aunque haya actuado como si estuviese dolido. Sé que no me habrías dejado a menos que te vieses obligado a hacerlo.

Sandro sintió que sus ojos se empañaban.

–No lo habría hecho –asintió, con voz ronca–. Te lo juro, Leo. No me habría ido.

Se miraron en silencio, el aire lleno de remordimientos... y de perdón.

Por fin, Leo sonrió y Sandro lo hizo también.

–Bueno, pues ya está. ¿Lo ves?

–No sé si está o no.

–Olvida tu amargura. Olvídate de nuestros padres, de cómo nos trataron, de lo mal que hicieron su trabajo. Tú puedes llevar a Maldinia a una nueva era. Sé que puedes hacerlo.

–¿Y tú?

–Se me pasará. Y, si quieres que sea sincero, me siento un poco aliviado. Admito que cuando volviste me dolió un poco porque después de quince años intentando demostrar que podía ocupar el puesto, nuestro padre me echó a un lado. Pero me he prometido a mí mismo no vivir con amargura. Además, al final todo ha salido bien. Me alegro de no estar continuamente bajo los focos y Alyse también. Te aseguro que no es muy agradable.

–¿Y tus ambiciones? ¿Y tus planes?

Leo señaló los papeles sobre el escritorio.

–Puedes usarlos y consultarme cuando quieras. La minuta será razonable.

Sandro sintió renacer una especie de frágil e incrédula esperanza.

–No sé...

–Nadie sabe lo que va a salir bien y lo que no, pero tienes mi apoyo, el de Alyse, el del gabinete –Leo hizo una pausa–. Y tienes a Liana, aunque imagino que tendrás que suplicar un poco.

Sandro asintió, intentando esbozar una sonrisa.

–No me queda más remedio.

–¿Y a qué estás esperando?

–No quiere hablar conmigo.

–Está dolida y enfadada. Dale un poco de tiempo.

Sandro asintió con la cabeza. Pero no quería darle tiempo, no quería esperar. Quería tirar la puerta abajo y exigir que lo escuchase, decirle que había sido un idiota y que la amaba con todo su corazón.

Tenía que encontrar la manera de hacer que lo escuchase.

Liana estaba en su habitación, mirando los hermosos jardines desde la ventana. Había llegado la primavera y las rosas empezaban a abrirse, sus sedosos pétalos fragantes. Todo volvía a la vida y ella sentía como si estuviera muerta por dentro.

Apenas había pegado ojo por la noche, dando vueltas y vueltas en la cama. ¿Y si hubiera dicho algo cuando Sandro esperaba que lo hiciera? ¿Y si lo hubiera dejado entrar cuando llamó a la puerta de la habitación?

Pero entonces no podía hablar, se sentía demasiado vacía, demasiado dolida. Se lo había dado todo y él no la amaba lo suficiente como para esperar cinco minutos, cinco segundos. Para darle tiempo a reaccionar.

¿Qué había hecho además de juzgarla y sacar conclusiones precipitadas?

¿Eso era el amor?

Si era así, mejor vivir sin él.

Aunque tenía el corazón en carne viva, curaría tarde o temprano. No quería volver a vivir en el vacío, pero tal vez sentir un poco menos...

En cuanto a su matrimonio, Sandro tenía razón. Si

él no era el rey, ella no sería la reina. No tenían que seguir casados. Él ya no necesitaría un heredero y tal vez querría volver a California. Quizá ya no quería estar con ella porque su confesión sobre la muerte de Chiara había hecho que la despreciase.

Pero la idea de divorciarse era demasiado dolorosa. Tal vez sencillamente vivirían como extraños, viéndose lo menos posible, como ella había imaginado meses antes. Como ella había querido entonces.

La idea era risible, ridícula. Ya no quería eso, pero después de la confrontación de la noche anterior, no sabía qué otra cosa podían hacer.

Tras ella, oyó que se abría la puerta e intentó disimular. Le había pedido a Rosa que le llevase el desayuno a la habitación porque no quería ver a nadie y muchos menos a Sandro...

–Liana.

Se dio la vuelta al escuchar su voz y vio que llevaba la bandeja del desayuno en la mano.

–No –murmuró, aunque no sabía qué le estaba pidiendo que no hiciera.

«No me rompas el corazón otra vez».

–¿No qué? ¿Que no te diga que lo siento?

–¿Lo sientes?

–No te imaginas cuánto. Más que nunca, más que nada que haya lamentado en toda mi vida –respondió Sandro.

Si fuera tan sencillo.

–¿Por qué me hiciste eso?

–Porque soy un egoísta y un estúpido.

–Lo digo en serio.

–Yo también –con una triste sonrisa, Sandro dejó la bandeja sobre la mesa–. Fresas, pero sin chocolate.

Liana se cruzó de brazos.

–Quiero respuestas.

–Y te las daré. Sabes que ayer dijiste que parecías Cenicienta...

–Sí.

–Eres Cenicienta, Liana. Viniste al castillo para casarte con el príncipe, pero no era tu príncipe azul, sino más bien un imbécil.

Ella esbozó una sonrisa.

–¿Ah, sí? ¿Por qué?

–Estaba tan consumido por su frustración, por todo lo que quería de la vida y no tenía, porque no lo quería nadie. El príncipe era un patético y un quejica.

–Creo que estás siendo un poquito duro con él.

–No, no, lo soy. Nunca pensaba en los sentimientos de los demás, especialmente en los de Cenicienta.

Liana esbozó una trémula sonrisa

–No creo que sea tan egocéntrico.

–Es peor que eso –insistió Sandro–. Cenicienta no encontraba su zapato de cristal porque él lo tenía metido en el trasero.

–¡Sandro!

–No sabía el daño que le hacía a la gente –siguió él, con una sonrisa triste–. En serio, Liana, el príncipe era un desastre.

–¿Y qué pasó entonces?

–Que Cenicienta lo despertó de una bofetada. Hizo que se diera cuenta de lo egoísta y lo estúpido que era.

–¿Y bien?

–Y él solo espera arreglar la situación –Sandro dio un paso adelante–. Espero poder arreglarlo diciéndote lo equivocado que estaba. Lo increíble, insoportablemente estúpido y egoísta que he sido.

–Me hiciste mucho daño, Sandro.

–Lo sé. Temía tanto que me rechazases... pero he

hecho exactamente lo que tú dijiste: crear una situación en la que te forzaba a fracasar porque eso era mejor que sentirme como un fracaso. Y no sabes cuánto lo siento.

Liana sintió que sus ojos se llenaban de lágrimas.

–Te perdono.

–¿De verdad? ¿No te irás de mi lado?

¿Cómo iba a marcharse cuando lo único que quería era abrazarlo y apoyar la cabeza sobre su torso para escuchar los latidos de su corazón?

–No puedes volver a hacerme eso.

–No lo haré.

–Sé que discutiremos en más de una ocasión. No estoy diciendo que no podamos estar en desacuerdo o que no vayamos a enfadarnos alguna vez, pero no puedes ponerme trampas. No puedes hacer que me sienta como un fracaso –Liana tuvo que tragar saliva–. Porque me he sentido así durante mucho tiempo y no podría soportarlo.

–Cariño –Sandro la tomó entre sus brazos y ella apoyó la cabeza en su hombro–. Siento tanto lo que sufriste con tu hermana...

–Fue culpa mía.

–No, no lo fue.

–Pero te he contado...

–Lo sé, Liana. Sé que te has torturado a ti misma durante dos décadas por algo que fue un accidente. Algo que tú no pudiste remediar. Tenías ocho años, cariño, estabas asustada. ¿Dónde estaba la niñera?

–No lo sé.

–Si alguien debería sentirse culpable, es ella.

–Pero yo debería haber hecho algo.

–¿Tú querías a tu hermana?

–Más que a nadie en el mundo –respondió Liana.

–¿Entonces cómo puedes culparte a ti misma por algo que no podías controlar? Si hubieras podido salvarla, lo habrías hecho, pero no pudiste hacer nada. Eras una niña y tu hermana estaba enferma... debería haber habido algún adulto con vosotras en ese momento.

Ella sacudió la cabeza, las lágrimas rodando por sus mejillas.

–No es tan sencillo.

–No, no lo es, pero, si puedes perdonarme a mí, también puedes perdonarte a ti misma. Hazlo por ti, Liana, tanto como por mí. Te quiero tanto que no puedo soportar que te coma el sentimiento de culpa cuando tú no tuviste la culpa de nada –Sandro se apartó un poco para mirarla a los ojos–. Te quiero. Adoro tu carácter, tu gracia, incluso tu compostura, que al principio tanto me asustaba y me enfadaba. Me encanta que hagas el papel de reina como si lo hubieras sido toda tu vida, que te interese mi país, nuestro país, y que nuestros conciudadanos empiecen a quererte tanto como yo.

Sus palabras la dejaron sorprendida.

–Pero ya no soy la reina.

–Sí lo eres –Sandro acarició su mejilla–. No voy a abdicar. He hablado con Leo y él me ha hecho entrar en razón. Pensaba abdicar porque me sentía culpable por haberme marchado de Maldinia hace quince años y, sin embargo, estaba a punto de hacerlo otra vez. ¿Crees que podrás seguir casada con alguien que tarda tanto en aprender las lecciones? ¿Alguien que te ama desesperadamente?

–Claro que sí –respondió Liana, con los labios temblorosos–. También yo tardo en aprender. Durante años tuve miedo de sentir nada, pero te quiero muchísimo. Ya no me da miedo admitirlo.

Él tomó su cara entre las manos, apoyando la frente en la suya. Se quedaron así un momento, en silencio, mientras Liana temblaba de emoción, experimentando una felicidad nueva; una felicidad basada en la sinceridad y en un amor profundo.

–Menuda pareja, ¿verdad? Deseando amor y temiéndolo al mismo tiempo.

Liana puso una mano en su cara, feliz porque había vuelto a buscarla para pedirle perdón.

–El amor da mucho miedo.

Él asintió con la cabeza.

–Es aterrador.

–Desde luego. Pero te quiero tanto.

–Y yo a ti –Sandro la besó en los labios, como si estuviera sellando una promesa–. Y como los dos somos un poco lentos, tardaremos mucho tiempo en entender la profundidad de este amor. Creo que tardaremos el resto de nuestras vidas.

Epílogo

Un año después

Liana pasaba una mano por el largo y elaborado traje de cristianar.

–No puedo creer que tú llevaras esto.

–De haber sido un poco mayor, me habría negado –bromeó Sandro.

–Bueno, entonces solo tenías tres meses –dijo ella–. Y a Isabella parece gustarle.

–Es una chica lista.

Los dos miraron a su hija, Isabella Chiara Alexa Diomedi, con los ojos del mismo color gris plata que su padre, los hoyitos y la sonrisa tan parecidos a los de su hermana, Chiara.

Liana se inclinó para tomar a la niña en brazos.

–Cuidado –le advirtió Sandro–. Acabas de darle el pecho y ya sabes que suele vomitar un poco. La factura de la tintorería ha aumentado desde que nació.

–No me importa –dijo Liana.

Cuidar de su hija era lo más maravilloso del mundo. Se sentía tan feliz, tan increíblemente agradecida de tener esa oportunidad. El nacimiento de Isabella había sido un bálsamo para su corazón. Nadie podría reemplazar a Chiara, pero el nacimiento de Isabella había curado un poco el dolor por la muerte su hermana.

En ese momento, oyeron un golpecito en la puerta

y, un segundo después, su madre asomó la cabeza en la habitación.

—¿Puedo pasar?

Liana se puso tensa. Sus padres habían llegado la noche anterior para el bautizo. No los había visto salvo en un par de actos oficiales desde la boda y, como siempre, experimentó una oleada de angustia. Atemperada por el amor de Sandro y la presencia de su hija, pero seguía allí.

—Claro que sí, madre. Estábamos vistiendo a Isabella para la ceremonia.

Gabriella Aterno entró en la habitación, su expresión un poco triste, como siempre, su sonrisa vacilante.

—¿Quieres tomarla en brazos? —le preguntó Sandro.

—¿Puedo?

—Por supuesto —Liana puso a la niña en brazos de su abuela y Gabriella esbozó una sonrisa.

—Tiene los hoyitos de Chiara.

Liana tragó saliva. Su madre no había vuelto a mencionar a Chiara desde el funeral. Veintiún años de silencio.

—Sí, es verdad. Y su misma sonrisa.

—Tal vez también tendrá sus rizos oscuros —Gabriella acarició el pelito de la niña—. Siempre fuisteis tan diferentes. Nadie creía que fuerais hermanas, salvo por el cariño que os teníais la una a la otra —su madre tenía los ojos empañados y Liana supo cuánto le había costado pronunciar esa frase.

—Madre... lo siento tanto...

—Yo siento que Chiara no esté aquí para conocer a su sobrina —dijo Gabriella—. Pero quiero pensar que sigue viéndonos desde algún sitio.

–Yo también. Siento tanto no haber podido salvarla...

Su madre levantó la cabeza, mirándola con cara de sorpresa.

–¿Salvarla? Pero si solo tenías ocho años.

–Pero estaba allí –Liana parpadeó para contener las lágrimas, pero era demasiado tarde–. Yo lo vi. Vi cómo...

–Y te has culpado a ti misma durante todos estos años –la interrumpió Gabriella–. Hija mía...

–Pues claro que me culpaba a mí misma. Y tú también me culpabas, mamá. Y papá más que nadie. No estoy enfadada, de verdad. Entiendo que...

–Cariño, tu padre y yo nos culpábamos a nosotros mismos –le confesó Gabriella, su voz temblando de emoción–. Éramos sus padres, Chiara era nuestra responsabilidad, no la tuya.

–Pero nunca me dijisteis nada –susurró Liana–. Papá no ha vuelto a abrazarme desde entonces.

–No queríamos hablar de ello. No por ti, sino por nosotros. Nos sentíamos tan culpables, tan avergonzados. Sigue siendo así, todos los días.

–Madre, no... –impulsivamente, Liana abrazó a Gabriella, con la niña entre ellas.

–Parece que a los tres nos ha consumido el sentimiento de culpa. Sé que tu padre y yo no supimos lidiar con ello. Deberíamos haber hablado contigo, haberte ayudado a superarlo, pero estábamos tan hundidos, tan dolidos. Lo siento mucho, hija –su madre sacudió la cabeza–. Siento no haberme dado cuenta de que te culpabas a ti misma. Pensé que... pensé que me culpabas a mí.

Liana negó con la cabeza.

–No, nunca.

Las dos se quedaron en silencio un momento, intentando acostumbrarse a esas revelaciones. En los brazos de Gabriella, Isabella lanzó un alegre gorgoteo, regalándoles una preciosa sonrisa sin dientes.

–Tal vez podamos volver a empezar, Liana –dijo su madre.

Y ella asintió con la cabeza.

Había más cosas que decir, que confesar y perdonar, pero por el momento disfrutó de esa segunda oportunidad que la vida les había regalado. Una segunda oportunidad para ser felices, para amar, para vivir.

Unos minutos después estaban en la capilla donde tendría lugar el bautizo. Liana miró a su marido y a su hija, sintiendo que su corazón estallaba de felicidad. Experimentaba todas las emociones que se había negado a sí misma durante años: felicidad, asombro, dolor, pena, alegría. Nunca volvería a encerrarse en sí misma.

–No podría haber imaginado todo esto antes de conocerte, Sandro –le dijo en voz baja–. Hablar sinceramente con mi madre, tener un marido y una hija. Amar a alguien tanto como te amo a ti. Tú me has cambiado, cariño.

–Y tú me has cambiado a mí, gracias a Dios –Sandro, que sujetaba a Isabella con un brazo, tomó a Liana por la cintura con el otro–. Este es el principio, amor mío. El principio de todo.

Bianca.

Tenía que hacer todo lo que él deseara...
a cambio de cinco millones de dólares

El hijo de Kimberly Town-
send estaba en peligro y la
única persona que podía
ayudarlo era su padre, el
millonario Luc Santoro.
Luc ni siquiera sabía que
tenía un hijo y creía que
Kimberly no era más que
una cazafortunas. Sin em-
bargo, el guapísimo mag-
nate brasileño estaba dispuesto a darle el dinero
que necesitaba... a cambio
de que se convirtiera en su
amante.
Pero Kimberly ya no era la
muchacha inocente que él
había conocido hacía siete
años... e iba a hacer que
perdiera el control de un
modo que jamás habría
imaginado.

Sarah Morgan
Hijo de la pasión

Hijo de la pasión

Sarah Morgan

¡YA EN TU PUNTO DE VENTA!

Acepte 2 de nuestras mejores novelas de amor GRATIS

¡Y reciba un regalo sorpresa!

Oferta especial de tiempo limitado

Rellene el cupón y envíelo a
Harlequin Reader Service®
3010 Walden Ave.
P.O. Box 1867
Buffalo, N.Y. 14240-1867

¡Si! Por favor, envíenme 2 novelas de amor de Harlequin (1 Bianca® y 1 Deseo®) gratis, más el regalo sorpresa. Luego remítanme 4 novelas nuevas todos los meses, las cuales recibiré mucho antes de que aparezcan en librerías, y factúrenme al bajo precio de $3,24 cada una, más $0,25 por envío e impuesto de ventas, si corresponde*. Este es el precio total, y es un ahorro de casi el 20% sobre el precio de portada. !Una oferta excelente! Entiendo que el hecho de aceptar estos libros y el regalo no me obliga en forma alguna a la compra de libros adicionales. Y también que puedo devolver cualquier envío y cancelar en cualquier momento. Aún si decido no comprar ningún otro libro de Harlequin, los 2 libros gratis y el regalo sorpresa son míos para siempre.

416 LBN DU7N

Nombre y apellido	(Por favor, letra de molde)
Dirección	Apartamento No.
Ciudad	Estado Zona postal

Esta oferta se limita a un pedido por hogar y no está disponible para los subscriptores actuales de Deseo® y Bianca®.
*Los términos y precios quedan sujetos a cambios sin aviso previo.
Impuestos de ventas aplican en N.Y.

SPN-03   ©2003 Harlequin Enterprises Limited

UN COMPROMISO EXCLUSIVO

ANDREA LAURENCE

Atrapado en un ascensor con su empleada más apasionada, Liam Crowe, magnate de los medios de comunicación, no pudo controlar la química. Francesca Orr había empezado insultándolo en la sala de juntas y, después, lo había besado.

Liam empezaba a pensar cómo iba a llamarla: prometida, tal vez incluso esposa. Porque la única manera de mantener el control de la cadena de televisión, sacudida por los escándalos, era sentando la cabeza. Y Francesca le parecía la mujer perfecta para fingir que lo hacía. Esta aceptó ayudarlo, pero su relación pronto se convirtió en algo muy real.

Lo que ocurre en el ascensor
se queda en el ascensor

¡YA EN TU PUNTO DE VENTA!

Bianca.

Todo empezó con una firma…

Rico, poderoso y con una hermosa mujer, parecía que el magnate griego Gideon Vozaras lo tenía todo. Lo que el mundo no sabía era que su vida perfecta era pura fachada…

Después de años ocultando su dolor tras una sonrisa impecable, la heredera Adara Vozaras había llegado al límite de su paciencia. Su matrimonio, que en otra época se había sustentado gracias a la pasión, se había convertido en un simple compromiso.

Pero Gideon no podía permitirse el escrutinio público que supondría un divorcio. Y, si algo le había enseñado su duro pasado, era a luchar por mantener lo que era suyo…

Más que un matrimonio de conveniencia

Dani Collins

¡YA EN TU PUNTO DE VENTA!